KB238556

서간도에 들꽃 피다
〈1〉

〈1〉

이윤옥 시집

서간도 척박한 땅에
질긴 생명력으로 피어
조국 광복을 일궈낸 여성들께 바치는 시

"나라 없는 몸 무덤은 있어 무엇 하느냐. 내 죽거든 시신을 불살라 강물에 띄워라. 왜적이 망하고 조국이 광복되는 날 지켜보리라." 일송 김동삼의 시신을 수습해 5일장을 치른 만해 한용운은 일송의 유언을 보고 굵은 눈물을 흘렸다고 한다.

"네가 대한의 피를 받았으니 응당 대한의 정신을 가졌으리라. 네가 진실로 대한의 정신을 가졌을진대 어찌 차마 조국과 동족을 적에게 파느뇨? 불로 지져 죽음에 이르되 적의 신하가 되지 아니한 너의 조상, 사직이 망함에 순국한 너의 조상이 너를 부른다. 네가 노예에서 벗어나려느뇨? 독립국민이 되려느뇨?" 이는 국권을 잃고 중국 땅 상해에서 빼앗긴 나라를 되찾고자 발행한 독립신문(1921.1.10)에 실린 피 끓는 동포들을 격려한 말이다.

몇 해 전 내가 나가는 대학 3학년 학생들에게 3·1절하면 떠오르는 독립운동가를 아는 대로 써보라고 한 적이 있다. 더불어 여성 독립운동가도 써보라고 했다. 그러나 결과는 충격적이었다. 그나마 남성 독립운동가는 몇 명 썼으나 놀랍게도 여성 독립운동가는 유관순 외에 거의 백지상태였다.

그 까닭이 무엇인가 곰곰 생각했다. 그것은 이분들을 알리는 일에 사회가 소극적이고 소홀함에 있음을 알았다. 그래서 이들을 찾아내어 곁에 두고 쉽게 읽을 수 있는 시집을 쓰리라고 맘먹었다. 그러나 시를 쓰기 전에 자료 수집부터 벽에 부딪혔다. 여성 독립운동가를 이해할 수 있는 자료가 턱없이 부족했고 있다 해도 연구서나 논문 등 어려운 내용이 많았다. 이러저러 자료 수집에 많은 시간이 흘렀다.

글을 쓰던 중 어렵게 생존 독립지사인 오희옥 애국지사를 수원의 13평 아파트로 찾아가 뵐 수 있었다. 오희옥 애국지사는 올해 86살로 의병이었던 할아버지 오인수, 광복군 아버지 오광선, 어머니 정현숙(정정산), 언니 오희영, 형부 신송식 등 온 가족이 독립투사 집안이었다. 그러나 이들이 투쟁해온 독립의 역사를 정리한 변변한 책자 하나 없이 낡은 종이 상자에서 낱장으로 돌아다니는 복사물을 꺼내 보이는 오 애국지사의 주름진 얼굴을 바라보면서 빛바랜 사진 속의 영웅들을 똑바로 바라볼 수 없었다.

이들이 서간도의 살을 에는 추위와 극한의 배고픔과 일본군의 감시망을 뚫고 목숨을 걸어 나라를 지키지 않았던들 오늘의 우리는 존재하지 않았을 것이다. 하루라도 빨리 흩어진 자료들을 모아 숭고한 독립운동을 한 가족사 한 권이라도 만들어 드려야 하지 않을까 하는 생각에 13평 아파트를 돌아 나오는 발걸음이 무거웠던 기억이 새롭다.

어디 그뿐인가! 안동 유수의 독립운동가 집안의 며느리이자 본인 스스로 만세를 부르다 일제의 고문으로 두 눈을 잃은 김락 애국지사의 무덤을 찾으려고 길 위에 허비한 시간은 또 무엇을 말해주는가! 안동독립운동기념관 안에서 김락 애국지사는 잘 소개되고 있었으나 정작 김락 애국지사의 무덤은 주소조차 확인이 안 돼 찾기가 어려웠다. 수소문 끝에 관리인을 앞세우고 찾아가는 길은 수북이 자란 풀과 쓰러진 소나무 등걸로 발목이 몇 번이나 채였던 기억 또한 씁쓸하다.

나라의 위태로움에 기꺼이 한목숨을 바친 이들을 위해 시인으로 할 수 있는 길을 고민하다 엮어 낸 것이 이 시집이다. 이 시집에서는 보훈처에 등록된 202명의 여성 독립운동가들 중 1/10 밖에는 소개하지 못했다. 이분들의 숭고한 삶을 모두 소개하려면 갈 길이 바쁘다. 그러나 돌아보면 어찌 나라를 위해 목숨을 결연히 바친 여성 독립운동가들이 200여 명뿐이랴! 남성 동지들의 그늘에서 말없이 독립의 초석이 된 여성들의 독립운동사를 우리는 결코 소홀히 다루지 말아야 할 것이다.

지난 3·1 절에 펴낸 친일문학인 풍자시집 〈사쿠라불나방〉에 이어 이번 8·15를 맞아 〈서간도에 들꽃 피다〉를 내는 작업은 앞으로도 계속 될 것이다. 친일도 기억해야 하고 항일도 기억해야 하는 우리 겨레는 아무것도 기억하지 않고 현실의 쾌락과 미래의 발전과 행복만을 추구하는 다른 나라 사람들에 견주어 무거운 역사의 돌덩어리를 지고 있는 것이 사실이다. 그래도 이것이 우리의

역사이며 숙명이므로 감내해야 한다. 시인으로 무거운
책임감을 느낀다. 이번 시집에 표지와 삽화 그림을 맛깔
스럽게 그려주신 이무성 화백님과 시집 출간에 힘써 주
신 푸른솔겨레문화연구소 김영조 소장님께 깊은 감사의
말씀을 드린다.

2011. 6. 6
서간도의 여성독립투사들을 그리며
북한산 자락에서 한꽃 이윤옥 씀

차 례

(가나다순)

표지 캘리그라피, 삽화 - 이무성 화백

겨레의 큰 스승 백범 김구 길러 낸 억척 어머니
곽낙원

비탈진 언덕길 인천 형무소 터엔 지금
찜질방 들어서 사람들 웃음꽃 피우며 여가 즐기지만
예전 이곳은 백범 어른 잡혀서 사형 집행을 기다리던 곳

국모 살해범 츠치다를 처단한 사형수 아들 위해
고향 해주 떠나 남의 집 허드렛일로 밥 얻어
감옥 드나들며 아들 옥바라지 하신 어머니

삼남 지방으로 쫓기는 아들
마곡사서 머리 깎고 중 된다고 소식 끊었을 때
애간장 타셨을 어머니

인과 신 어린 손자 두고
먼 이국땅서 눈 감은 며느리 대신하여
빈 젖 물리며 길러 내신 어머니

상해 뒷골목 배추 시래기 주어
애국청년 배 채우고
광복 위해 뛰는 동포 뒷바라지로
평생 등이 굽은 겨레의 어머니

오늘도 허리띠 질끈 동여매고
오른손에 밥사발 든 어머니
겨레에게 건네는 말 나지막이 들려온다

너희가 통일을 이루었느냐!
너희가 진정 나라를 되찾았느냐!

▲ 사형을 기다리는 아들 백범에게 허드렛일로 얻은 밥을 나르던
겨레의 어머니 곽낙원 애국지사

곽낙원(郭樂園, 1859. 2. 26 ~ 1939. 4. 26)

곽낙원 애국지사는 겨레의 큰 스승 백범 김구선생의 어머니이다. 인천시 남동구 인천대공원 안에는 백범 김구 선생과 어머니 곽낙원 애국지사의 동상이 서 있다.

오른손엔 밥그릇이 들려있고 허리띠로 질끈 동여맨 치맛자락의 곽 애국지사 동상은 한눈에 봐도 걸인 같은 모습이다. 백범은 광복 후 그리던 고국에 돌아와 어머니 곽낙원 애국지사가 자신의 옥바라지를 위해 인천으로 거처를 옮기고 남의 집 식모살이를 하며 먹을 것을 얻어다 주신 모습을 평생 잊지 못했다.

일제에 의해 일어난 국모 명성황후 시해사건에 대한 복수로 일본인 츠치다(土田讓亮)를 죽인 백범은 재판을 받기 위해 인천 형무소로 이송되었다. 이때 어머니 곽낙원과 아버지 김순영은 황해도 해주의 가산을 정리하고 자식의 옥바라지를 위해 함께 인천항으로 넘어왔다.

이후 감옥을 밥 먹듯이 드나들던 아들 백범의 옥바라지는 물론 어린 손자 둘을 남겨놓고 일찍 세상을 뜬 며느리를 대신하여 빈 젖을 물리며 어린 손자를 키워냈다.

그뿐만 아니라 곽 애국지사는 반평생을 대한민국임시정부와 고락을 같이한 '임시정부의 어머니'이다. 아들 동지들이 돈을 모아 생일상을 차려주려 하자 손수 맛있는 것을 지어 먹겠다고 돈을 받아 그 돈으로 권총을 사서 일본 놈을 죽이라며 청년단에게 건네준 이야기는 듣는 이로 하여금 가슴을 찡하게 한다.

평생 자신의 안위를 돌보지 않고 조국 광복을 위해 헌신하다 1939년 4월 26일 망명지인 중국 중경에서 80살로 생을 마감한 곽 애국지사의 숭고한 나라사랑 정신에 옷깃을 여며야 할 것이다.

정부에서는 고인의 공훈을 기리어 1992년에 건국훈장 애국장을 추서하였다.

곽낙원 애국지사, 아들 백범 찾아 삼만 리

백범은 중국 상해로 망명하여 임시정부 경무국장 직에 있을 때 부인 최준례 여사와 아들 인(仁)을 1920년 8월 상해로 불렀다. 2년 뒤 어머니 곽낙원 애국지사도 상해로 모시어 1년간 모처럼 백범 가족은 행복한 시간을 보냈으나 임시정부 살림살이가 극도로 나빠져 청사 집세가 밀리기 시작하고 임시정부 요인들 식사 조달이 어려워지자 곽 애국지사는 시장에 나가 배추 껍질을 주워다가 임시정부 요인을 뒷바라지해야 했다.

엎친 데 덮친다고 며느리 최준례 여사가 차남 신(信)을 낳고는 산후조리 중에 숨을 거두자 어린 두 손자를 떠안게 되는 운명에 처했다. 극빈의 임시정부 시절 아들 백범이 독립운동에 매진할 수 있도록 곽 애국지사는 두 손자를 데리고 귀국길에 오른다. 귀국의 이유는 또 하나 있었다. 어린 두 손자가 영양실조로 죽게 될 지경인지라 구걸해 먹어도 고향이 낫다고 판단 한 것이다. 당시 임시정부의 살림살이가 얼마나 어려웠나 고스란히 들여다보이는 대목이다.

귀국은 했지만 아들 백범이 일제경찰에 감시를 받는 인물이라 어머니 곽 애국지사도 거주이전이 자유롭지 못했다. 그런 상황에서 어느 정도 손자들이 크자 백범이 있는 중국으로 가고자 황해도 안악경찰서에 출국허가를 내보지만 경성의 총독부 경무국에서 이를 즉시 저지시켜 중국으로 가는 길이 원천 봉쇄되고 만다. 그러나 현명한 곽 애국지사는 여기서 포기하지 않고 일제경찰을 따돌리기 위해 둘째 손자의 병 치료를 위해 신천으로 간다는 거짓말을 하고 집을 떠난다. 살림살이를 그대로 놔두고 떠난 곽 애국지사가 설마 중국으로 가리라는 생각은 꿈에도 하지 못했지만 그것은 곽 애국지사의 위장전술이었다.

그때 큰 손자 김인은 평양숭실학교 3학년이었는데 아는 사람의 도움으로 기숙사 생활을 하던 손자를 몸만 빠져나오게 하여 함께 중국 망명길에 오른다. 이때 곽 애국지사 나이 76살이고 큰 손자는 18살, 작은 손자는 13살이었다.

이들의 중국탈출 코스는 철도로 평양을 거쳐 신의주에서 압록강을 건넌 뒤 중국 단동에서 철도로 대련으로 가서 선편으로 상해로 들어갈 계획이었다. 그러나 가는 곳마다 검문검색이 심해 무사히 중국 땅을 밟을 때까지 곽 애국지사와 손자는 가슴을 졸여야 했다.

곽 애국지사는 측면 지원해주는 동포와 1차 난관을 무사히 통과하면 '돈 송금했음' 이라는 전보를 쳐서 마중 나올 사람과 은밀한 소통을 했는데 만일 일제 관헌에 잡히면 '돈 도착하지 않아 곤란함' 으로 정하고 두 번째 관문을 통과하여 상해행 승선까지 성공하게 되면 '돈 받았으니 안심할 것' 이라는 전보문을 치기로 약속하고 중경에 있는 아들 백범을 찾아간다. 어린손자 둘을 데리고 넓디넓은 중국 땅을 헤맸을 곽 애국지사의 모습은 한편의 드라마를 연상케 한다. 입을 것, 먹을 것이 넉넉지 않은 시절에 교통편마저 여의치 않은데다가 아들 백범은 사상 유례 없는 당시 돈 60만 원(미국 달러로 1,525만 달러)의 현상금이 걸린 상태였으니 이들 가족의 운명이 어찌 풍전등화가 아니랴! 그래도 하늘은 이들을 도와 무사히 가흥에 도착하여 당시 남경에 있던 아들 백범은 가흥으로 달려와 어머니 곽 애국지사와 두 아들과 해후하는 기쁨을 맛보았다.

 이 과정을 두고 신용하 교수는 "곽낙원 애국지사의 치밀하고 정확한 판단과 여걸다운 담대한 행동으로 일제의 철통같은 감시망을 뚫고 고향 탈출, 중국 망명에 성공했다."라며 곽 애국지사의 침착하고 지혜로운 행동에 칭찬을 아끼지 않고 있다. 곽 애국지사 탈출 이후 일제는 조선총독부 경무국을 중심으로 발칵 뒤집혔음은 물론이고 일제의 상해 총영사관, 천진 총영사관, 청도 영사관 등 산하 각 경찰서를 동원하여 곽 애국지사를 잡아들이라는 명령을 했음이 〈조선통치사료〉 제8권 (일본 동경 1971년 판)에 극비로 기록되어 있다.

- 〈백범과 민족운동연구〉 제2집, 2004. -
'극비문서, 金九母子ノ脫出二關スル件, 1934.4, 조선총독부' 참조

황거를 폭격하리라, 한국 최초의 여자 비행사

권기옥

은단공장 키 작은 어린 소녀
훨훨 하늘을 날고 싶은 꿈
스미스 아저씨 여의도 상공에서 곡예비행 하던 날
조그만 주먹 불끈 쥐고 꿈꾸었지

하늘을 날아야겠다
하늘을 날아야겠다

숭의여학교 시절
기숙사 사감 호시코 따돌리고
만세운동 부르다 쫓기던 몸

중국 땅 비행학교 들어가
대륙의 하늘을 날면서
암흑의 조선 땅 바라보며 가슴 태웠지

높은 창공 조종간 돌려
아시아 침략에 눈 벌겋던
일왕의 도쿄 황거 폭격코자
몇 번이나 다짐한 마음

장개석 휘하 혁명군 되어
일본군 상대로 싸우던 11년 세월
꿈에도 놓지 않던 조국 광복의 꿈

군복 벗고 비행기 내려와
백발 할머니 되었어도
카랑카랑하던 목소리
독수리같이 불타던 두 눈동자
큰 날개 접은 적 없는 한국 최초의 여자비행사.

▲ 1935년 중국 선전비행을 준비하던 무렵의 권기옥 (왼쪽에서 두 번째), 가운데 이탈리아 교관과 중국 최초의 여자 비행사 이월화와 함께 (권현·정혜주 제공)

권기옥(權基玉, 1901. 1. 11 ~ 1988. 4. 19)

'한국인 최초의 여자 비행사'라는 수식어가 따라다니는 권기옥은 1919년 평양에 있는 숭의여학교 졸업반 때 3·1독립만세운동과 만났다. "어린 마음이었지만 항일투쟁에는 무조건이었습니다. 감옥이 아니라 죽음도 두렵지 않았지요. 나이가 어리고 여자라는 게 참으로 원통했습니다. 그때 하늘을 날며 왜놈들을 쉽게 쳐부술 수 있는 비행사가 되려고 마음을 다졌지요." 환갑 나이이던 1961년 '여원' 잡지 7월호에서 권기옥은 당시를 그렇게 회상했다.

　　3·1만세운동 이후 임시정부에 자금을 모아 송금하는 일을 하다가 일본 경찰에 체포되어 6개월 동안 옥고를 치르고 출감한 뒤 1920년 9월에 발동기 없는 목선을 타고 멸치잡이 배에 숨어 상해로 망명했다. 이후 남경에서 80명의 한국 학생이 공부하고 있다는 소식을 듣고 김규식(金圭植)의 부인 김순애(金淳愛)의 소개장을 받아 미국인 선교사가 경영하는 홍도여자중학을 찾아갔다. 21살에 다시 시작한 학업은 처음에는 언어 때문에 어려움을 겪었으나 1923년에 우수한 성적으로 졸업하였다.

　　졸업 후 독립전쟁을 위한 군관 양성을 추진하고 있던 임시정부의 추천을 받아 1923년 4월 중국의 운남육군항공학교(雲南陸軍航空學敎)에 제1기생으로 입학하였다. 항공학교 입학은 권기옥의 소녀시절 꿈으로 16살 되던 해인 1917년 5월에 서울 여의도 비행장에서 미국의 곡예 비행사인 스미스(A. Smith)의 곡예비행을 보고 감동한 것이 계기였다. 당시 스미스의 곡예비행은 한국인들에게 근대 과학에 대하여 눈뜨게 하였고, 청소년들에게는 창공에 대한 동경과 이상을 갖게 하였다. 이때 권기옥은 "비행 연습을 열심히 해서 일본으로 폭탄을 안고 날아가리라."는 각오를 하게 된다.

　　비행학교 시절 권기옥은 훈련비행 9시간 만에 단독비행이 허가될 만큼 우수한 학생이었다. 한때는 일본 영사관이 그녀를 죽이려고 청부 살인업자를 보내기도 했다. 1925년 2월 28일 권기옥은 운남항공학교 제1기생으로 졸업하여 여성으로서는 한국 최초의 비행사가 되었다. 그러나 막상 권기옥을 비롯한 비행사들이 활동할 무대가 없었다. 1925년 5월 상해로 돌아온 권기옥은 임시정부에 조선총독부를 폭파할 테니 비행기를 사달라고 말하기도 했다. 그러나 임시정부의 어려운 사정을 정확히 알게 된 권기옥은 1925년 가을 광동의 국민혁명정부에서 머물렀다.

이 무렵 권기옥은 《동아일보》 1926년 5월 21일자에서 여류비행가로 소개되었고, 《중외일보》 1927년 8월 28일자에서도 소개되었다. 그 뒤 1926년 봄 의열단의 배후 실력자인 손두환의 소개로 북경에 있는 개혁성향 군벌 풍옥상군의 항공대에 들어간다. 1928년 5월에는 남경에서 일본 경찰에 체포되어 옥고를 치르기도 했다. 그후 중국 공군에서 소령, 중령에까지 올랐다가 공군을 개편할 때 대위가 되었다. 1931년 만주를 기습 점령한 일본이 1932년 상해전쟁을 일으키자, 권기옥은 비행기를 몰고 가 일본군에게 기총소사를 한다. 이 상해전쟁에서 활약한 공로로 권기옥은 무공훈장을 받는다.

1935년 당시 항공위원회 부위원장이던 송미령이 비행기가 무서워서 공군에 자원하지 않는 중국 청년들을 독려하려고 여류비행사 권기옥에게 선전비행을 부탁하였고, 권기옥은 그 비행을 마치고 일본 폭격을 마음먹었으나, 선전비행 출발 당일 북경의 대학생 시위로 정국이 불안해지자 계획 자체가 취소된다.

1937년 중일 전쟁 발발 후에는 충칭으로 이동하여 육군참모학교 교관으로 근무하면서 영어와 일본어, 일본군 식별법과 성격 등을 강의한다. 이어 1939년 임시정부가 충칭으로 오자 권기옥은 좌우로 분열되어 있던 부인들을 설득하여 임시정부 산하의 여성 조직인 한국애국부인회를 재건하고 사교부장으로 활동하였다.

　1943년 여름 권기옥은 중국 공군에서 활동하던 최용덕, 손기종 비행사 등과 함께 한국 비행대 편성과 작전계획을 구상한다. 1945년 3월에 임정 군무부가 임시의정원에 제출한 〈한국광복군 건군 및 작전 계획〉 중 '한국광복군 비행대의 편성과 작전'이 그 결실이었다. 미국과 중국에서 비행기를 지원받아서 한국인 비행사들이 직접 전투에 참여한다는 것이 주요 내용이었다. 그러나 일본이 예상보다 일찍 패망하여 계획은 실행되지 못했다.

　광복 후 1949년 귀국하였으며, 국회 국방위원회 전문위원이 된 권기옥은 '공군의 어머니'로서 한국 공군 창설의 산파역할을 했다. 권기옥이 또 관심을 가진 것은 올바른 역사기록에 대한 신념으로 1957년부터 1972년까지《한국연감》발행에 관여하여 1966년에는 대한민국 최초의 유일한 여성 출판인으로 언론에 소개되기도 했다. 1975년에는 대한민국의 모든 젊은이가 내 자식이고, 극일(克日)하는 젊은이들을 키워내고 싶다는 소망으로 전 재산을 장학 사업에 기탁했다.

　1988년 88살을 일기로 서울 장충동 2가 낡은 목조 건물 2층 마루방에서 하늘의 용사 권기옥은 숨을 거두었다. 정부에서는 고인의 공훈을 기리기 위하여 1977년에 건국훈장 독립장을 추서하였다.

권기옥은 누가 뭐래도 한국 최초의 여자 비행사

오마이뉴스 2005년 12월 29일 자 "천황궁 폭파 위해 '날개의 꿈' 꾸다"라는 제목의 정혜주 기자가 쓴 기사 첫머리엔 편집자 주로 "영화 〈청연〉의 실제 주인공 박경원을 둘러싸고 '친일'과 '최초' 시비가 계속되고 있다. 그 시비 과정에서 박경원과 대비되는 인물이 권기옥이다."라는 대목이 나온다. 그럼 권기옥과 박경원 이 가운데 누가 우리나라 최초의 여류 비행사일까?

위키백과에 보면 "권기옥은 1925년 2월 28일 윈난항공학교를 졸업하고 1926년 4월 20일 중화민국 본부 '항공처 부비행사 임명장'을 받았고, 박경원은 일본비행학교를 졸업하고 '3등 비행사 자격증'을 1927년 1월 28일에 땄다. 따라서 비행기를 타고 하늘을 난 것으로 치면 권기옥이 박경원보다 앞선다."라고 써놓았다.

그렇다면, 분명히 권기옥이 최초의 여류비행사이다. 물론 위키백과에서는 계속해서 "권기옥은 군인으로 민간 자격증이 없었지만, 박경원은 민간인으로서 일본 정부가 공인한 자격증을 받았다."라며, 영화 〈청연〉 제작진 쪽의 의견을 올렸다. 하지만, 최초의 여류 비행사에 민간인 자격증이 있느냐 없느냐를 왜 따지는가? 만일 민간 여류 비행사를 따진다면야 박경원이 먼저일지 모르지만 그냥 최초 여류 비행사라면 1925년 2월 28일 윈난항공학교를 졸업하고 1926년 4월 20일 중화민국 본부 '항공처 부비행사 임명장'을 받은 권기옥이 먼저 아닌가?

그리고 중화민국 본부 항공처 '부비행사 임명장'이 군 면
허증인지 민간 면허증인지 모르지만 분명히 중화민국의 면
허증이란 건 분명하지 않은가? 박경원과 차이가 있다면 중화
민국이냐 일본이냐의 발행처 차이가 있을 뿐이다. 일본 발행
의 자격증은 인정하고 중화민국 발행의 자격증은 인정하지
않는다는 억지를 누가 내세울 것인가?

  당시의 신문 자료를 살펴보면, 권기옥과 박경원을 똑같이
'여류 비행사'라고 불렀다. 1926년 5월 21일자 《동아일보》는
'中國 蒼空에 朝鮮의 鵬翼- 中에도 女流飛行家'라는 제목
으로 권기옥을 소개하는 기사가 보인다. 또 박경원을 소개한
《동아일보》 1926년 9월 4일자 기사 역시 '朝鮮의 女流飛行
士 박경원 양'이라고 썼다. 민간인 비행사와 전투기 조종사
냐를 당시도 구분하지 않은 것이다.

  그뿐만 아니라 대한민국의 공식 기록인 대한민국 공군사
관학교 공군박물관(충북 청원 소재)의 자료실이나 국가보훈
처 자료집에서도 권기옥을 한국 최초의 여성 비행사로 써놓
았다. 그밖에 "중국 하늘을 날은 애국소녀의 얼- 최초의 우
리 여류비행사 권기옥 애국지사와의 인터뷰", "한국 최초의
여자파일럿 권기옥 씨의 슬픈 8·15", 《주간여성》 1969년 8월
27일 자) 등에서 권기옥을 최초의 여자 비행사라고 했다. 또
한, 1978년 2월부터 24회에 걸쳐 《한국일보》에 연재된 회고
록 〈나의 이력서〉에서 권기옥을 한국 최초일 뿐만이 아니라
'동양 최초의 여류 비행사'라고까지 표현한 것들을 보면 권
기옥에게 주어진 '한국 최초 여류비행사'란 호칭은 정당한
것으로 논란의 여지가 없다고 본다.

김락

나라의 녹을 먹고도 을미년 변란 때 죽지 못하고
을사년 강제 조약 체결을 막아 내지 못했다며
스무나흘 곡기를 끊고 자결하신 시아버님

아버님 태운 상여 하계마을 당도할 때
마을 아낙 슬피 울며
하루 낮밤 곡기 끊어 가시는 길 위로 했네

사람 천석 글 천석 밥 천석의 삼천 석 댁
친정 큰 오라버니
백하구려 모여든 젊은이들 우국 청년 만들어
빼앗긴 나라 찾아 문전옥답 처분하여
서간도로 떠나던 날
내앞 마을 흐르던 물 멈추어 오열했네

의성 김 씨 김진린의 귀한 딸 시집와서
남편 이중업과 두 아들 동흠 중흠 사위마저
왜놈 칼 맞고 비명에 보낸 세월

쉰일곱 늘그막에 기미년 안동 예안 만세운동 나간 것이
무슨 그리 큰 죄런가
갖은 고문으로 두 눈 찔려 봉사 된 몸
두 번이나 끊으려 한 모진 목숨 11년 세월
그 누가 있어 한 맺힌 양가(兩家)의 한을 풀까

향산 고택 툇마루에 걸터앉아
흘러가는 흰 구름에 말 걸어본다
머무는 하늘가 그 어디에 김락 애국지사 보거들랑
봉화 재산 바드실 어르신과 기쁜 해후 하시라고
해거름 바삐 가는 구름에게 말 걸어본다.

*백하구려(白下舊廬): 안동 임하면 내앞마을(천전리) 고택 이름으로 김락 애국지사의 큰 오라버님인 독립운동가 김대락 선생이 1885년에 세운 집이다. 이 집은 이 지역 최초의 근대식 학교인 협동학교로 쓰였으며 김대락 선생의 호를 따라 백하구려로 불렀다.

*봉화 재산 바드실: 김락 애국지사의 시아버지인 향산 이만도 선생의 무덤이 있는 곳이다. 현재 김락 애국지사와 남편 이중업은 이곳에 묻혀있지 않다. 3대에 이르는 독립운동가 가족임을 고려할 때 여기저기 흩어져 있는 무덤을 어서 한 곳에 잘 모셔서 일반인들도 쉽게 찾아갈 수 있게 해야 할 것이다.

▲ 친정 오라버니 김대락 지사가 살던 집에서

김 락 (金洛, 1863. 1. 21 ~ 1929. 2. 12)

3·1만세운동 당시 김락은 쉰일곱이었다. 우국지사 시아버지의 단식과 남편의 순국에 이은 두 아들의 독립운동을 몸소 겪은 김락은 친정 집안 역시 대단한 독립운동가 집안이다. 1911년 1월 전 가족을 이끌고 서간도 유하현(柳河縣)으로 망명한 친정

오라버니 김대락은 이상룡·이동녕·이시영 등과 뜻을 같이하여 항일투쟁을 전개한 인물이다.

김대락 독립지사는 만삭의 손자며느리까지 모두 데리고 망명길에 올랐는데 도중에 손자 며느리가 산기를 느끼자 일제가 짓밟은 땅에서 출산할 수 없다 하여 압록강을 넘어 출산하도록 했다는 일화가 전해진다. 투철한 양가의 절절한 독립운동사를 몸소 겪으며 본인 스스로 일제의 고문으로 눈이 먼 채 한 많은 삶을 살다간 애국지사 김락은 안타깝게도 안동 밖에서는 많이 알려지지 않았다.

김락 애국지사의 유적지를 찾아 나선 끝에 안동독립운동기념관을 둘러보고 묘소에 들르고자 했으나 난관에 부딪혔다. 길찾개(내비게이션)라는 문명의 이기를 이용하면 웬만한 산 속의 무덤도 찾아갈 수 있는 시대이건만 김락 애국지사의 무덤 주소를 아는 사람이 없었다. 기념관 안내원조차 인터넷을 조회하더니 나와 있지 않다고 한다. 우여곡절 끝에 김락 애국지사의 친정 오라버니가 살던 '백하구려' 집을 찾아가서 후손인 김시중 선생의 소개로 관리인을 앞세우고서야 겨우 찾아갈 수 있었다. 해마다 안동에서는 6월에 김락 애국지사의 뮤지컬을 한다고 한다. 그러나 정작 뮤지컬 주인공 김락 애국지사의 무덤은 찾기도 어려운데다가 관리조차 제대로 안 돼 몇 번이고 쓰러진 소나무 등걸이 발끝에 치여 넘어질 뻔했다.

시아버지인 향산 이만도를 비롯한 아들 이동흠 등은 봉화군 재산면 동면 바드실 마을에 묘를 쓰고 있는데 머지않아 김락 애국지사 부부 묘도 이곳으로 옮길 계획이라고 〈향산 이만도〉 책 185쪽에는 나와 있으나 1912년 이래 아직 그대로인 것으로 보

아 이장까지는 시간이 걸릴지 모른다. 이장을 할 때 하더라도
먼 곳에서 김락 애국지사의 무덤이나마 보고 싶어 찾아가는
길손을 위해서라도 현재의 무덤 가는 길은 안내판이라도 곳곳
에 세워주어야 할 것이다. 그리고 무덤에 이르는 오솔길의 쓰
러진 소나무 등걸도 치우고 무덤 앞에서 절이라도 할 수 있게
좁디좁은 상석 자리도 약간 넓혀주면 좋겠다. 웃자란 나무들로
햇볕도 잘 들지 않는 안동 유수의 독립운동가 김락 애국지사의
무덤을 안동시에서는 좀 더 신경을 써서 관리해주었으면 한다.
올해도 6월 19일 날 김락 애국지사의 뮤지컬 공연이 있다고 들
었는데 올해 뮤지컬 출연진들은 공연 뒤에 꼭 김락 애국지사의
무덤을 찾아보았으면 하는 바람이다.

　정부는 고인의 공훈을 기리어 2001년에 건국훈장 애족장을
추서하였다.

▲ 쓰러진 소나무 등걸을 헤치며 찾아간 안동의 김락, 이중업 부부 독립지사 무덤에서

〈더보기〉

독립운동 3代, 그 명가를 지켜낸 김락

김희곤 안동대교수·안동독립운동기념관장

여성 독립운동가는 무척 드물다. 그것도 신여성이 아니라 전통 양반 가문의 안주인이 항일투쟁에 나선 경우는 찾기 힘들다. 그런데 10년 전인 2000년 여름, 일제가 쓴 '고등경찰요사'를 읽다가 뒤통수를 얻어맞은 듯 충격을 받았다. 안동 양반 이중업의 아들 이동흠이 "내 어머니가 3·1운동 때 일제 수비대에 끌려가 두 눈을 잃고 11년 동안 고생하다 돌아가셨으니 일제에 대한 적개심을 결코 버릴 수 없다"고 말했다는 기록이 딱 넉 줄 적혀 있었다. 그 어머니는 누구인가. 추적에 나섰다.

족보에는 의성 김씨 김진린의 딸이라 적혀 있다. 그렇다면 안동 임하면 천전리(내앞마을) 김대락의 막내 여동생이다. 친정 제적등본에 적힌 형제자매의 이름은 모두 김대락처럼 김O락인데, 주인공인 막내만은 그냥 김락(1862~1929)이다. 하는 수 없이 그 이름으로 독립유공자로 신청하고 포상 받게 되었다.

김락이 3·1운동에만 나선 것은 아니다. 그는 독립운동가 3대를 지켜낸 중심인물이다. 열다섯 살에 안동 도산면 하계마을로 시집가서, 양산현령을 지낸 이만도의 맏며느리이자 이중업의 아내가 되었다. 새댁 시절 시어머니를 여읜 그는 시누이와 시동생을 돌보며 안방 주인으로서 집안을 도맡았다. 그런데 1895년 시아버지는 예안의병을 일으켜 의병장이 되었고, 남편도 마땅히 함께 나섰다. 일제의 공격으로 이웃 퇴계 종가가 불타는 황망한 가운데서도 그는 흔들리지 않고 집안을 지켰다.

48세 되던 1910년, 나라가 망하자 시어른은 24일 단식 끝에 순국했다. 장례를 치르고 상복에 눈물도 마르지 않았는데, 아버지처럼 여기던 큰오빠 김대락과 김동삼 등 친정 집안이 대거 만주로 망명길에 나섰다. 큰 형부 이상룡 집안도 함께 갔다. 서간도에 독립군 기지를 건설하기 위해 떠난 고난의 길이었다.

남편과 두 아들도 독립운동에 나섰다. 1914년 남편 이중업은 안동과 봉화 장터에 격문을 돌렸다. 맏아들 이동흠은 대한광복회에 가담했다가 구속됐다. 1919년 3·1운동 당시 서울에서 활동하던 남편은 '파리장서'라 불리는 독립청원서를 발의하고, 강원도와 경북 지방 유림 대표의 서명을 받는 일을 맡았다. 바로 이때 김락은 57세의 나이에 예안면 만세운동에 나섰다가 일본군 수비대에 붙잡혔고, 취조를 받다가 두 눈을 잃는 참극을 당했다.

앞을 못 보고 귀로만 듣고 살던 터에 다시 놀라운 일과 마주쳤다. 독립청원서를 가지고 중국으로 떠나던 남편이 갑자기 사망한 것이다. 한숨짓는 사이에 맏사위 김용환이 일제에 붙잡혔다. 학봉 김성일의 종손인 맏사위는 만주 독립군 기지를 지원하던 의용단에 가담했던 것이다. 김용환은 '조선 최대의 파락호' 소리를 들으며 노름꾼으로 위장해 독립자금을 댔다. 그 바람에 요즘으로 치면 100억 원이 훌쩍 넘을 종가 재산이 거덜 났다. 둘째 사위 류동저는 안동 사회운동에 뛰어

들었다. 둘째 아들 이종흠은 1925년 제2차 유림단 의거에 참
여했고, 그 바람에 두 아들이 모두 잡혀갔다. 이런 사이 두
번이나 자살하려다 가족들 손으로 살아난 그는 1929년 2월
67세로 눈을 감았다.

　35년 동안 시가와 친가 모두 독립운동으로 해가 뜨고 졌다.
그 한가운데 김락이 있었다. 그를 중심으로 3대에 걸쳐 독립
운동이 펼쳐졌다. 현재 그의 사진 한 장 없다. 그가 시집가서
살던 하계마을은 1970년대 안동댐 건설로 수몰됐다. 쓸쓸하
고 휑한 마을에 독립운동 내력을 전하는 기적비만 남아 있
다. 하지만 그가 남긴 자취는 잊혀질 수 없다. 안동에서 그를
되살려 인형극을 공연하고, 뮤지컬을 준비하는 것은 '겨레의
딸, 아내 그리고 어머니'의 삶을 제대로 기리기 위해서이다.

김향화

하얀 소복 입고 고종의 승하를 슬퍼하며
대한문 앞 엎드려 통곡하던 이들

꽃반지 끼고 가야금 줄에 논다 해도 말할 이 없는
노래하는 꽃 스무 살 순이 아씨

읍내에 불꽃처럼 번진 만세의 물결
눈 감지 아니하고 앞장선 여인이여
춤추고 술 따르던 동료 기생 불러 모아
떨치고 일어난 기백

썩지 않는 돌 비석에 줄줄이
이름 석 자 새겨주는 이 없어도
수원 기생 서른세 명
만고에 자랑스러운 만세운동 앞장섰네

김향화 서도홍 이금희 손산홍 신정희
오산호주 손유색 이추월 김연옥 김명월
한연향 정월색 이산옥 김명화 소매홍
박능파 윤연화 김앵무 이일점홍 홍죽엽

김금홍 정가패 박화연 박연심
황채옥 문룽월 박금란 오채경
김향란 임산월 최진옥 박도화 김채희

오! 그대들 수원의 논개여!
독립의 화신이여!

▲ 청초한 김향화 모습, 기생의 몸으로 독립운동을 한 사람도 있는데 그때
친일 안한 사람 어딨냐는 궤변은 이제 듣지 않게 되길 바란다. (이동근 제공)

김향화(金香花, 1897. 7. 16 ~ 미상)

　1919년 3월 1일 일제 침략에 항거하는 전국적인 독립만세 운동은 수원 지방에서도 있었다. 매일신보 1919년 3월 29일자에 보면 "수원은 3월 25일 이후 4월 4일에 이르는 동안 읍내를 비롯하여 송산, 병점, 오산, 발안, 의왕, 일형, 향남, 반월, 화수리 등 군내 각지에서 연이어 시위가 있었는데 대체로 수백 명이 모였으며 더욱 장날을 이용한 곳에서는 천여 명이 넘었다. 일경의 발포로 수십 명이 사상되고 수백 명이 체포되었는데 29일 읍내 만세 때는 기생일동이 참가하였고 기생 김향화가 구속되었다."라는 기사가 눈에 띈다.

　행화(杏花), 순이(順伊)라는 이름으로도 불린 김향화는 3월 29일 경기 수원군 자혜병원 앞에서 기생 30여 명과 함께 독립만세를 불렀으며 수원 기생조합 출신으로 건강검진을 받으려고 자혜병원으로 가던 중 동료와 함께 준비한 태극기를 흔들며 독립만세를 주도하여 의기(義妓)로서 기상을 높였다. 서슬퍼런 일제 강점기에 경찰서 앞에서 독립만세를 주도했다는 것은 강심장이 아니고는 행동에 옮기기 어려운 일이다.

　김향화가 속한 기생조합은 1914년 이후 일제에 의해 일본식 명칭인 '권번'으로 바뀌게 되었는데 권번은 파티나 연회장에서 시중을 드는 사람들을 부르는 말에서 유래한다. 이것은 일본 내 기생들의 기관이자 기생학교였던 '교방'의 기능을 민간에서 모방한 것으로 대정(大正,1912~1926) 기간에 일본에서 예기들의 조합을 좁혀서 '칸반(爛番)'이라고 하였고, 조선총독부는 그 한자음을 따와 '권번' 시대를 열어갔다. 권번은 어린 기생들에게 노래와 춤을 가르치고 요릿집 출입을 지휘하는 역할을 하

였는데 김향화는 특히 검무와 승무를 잘 추고 가야금을 잘 뜯
던 일등 기생이었다.

　김향화를 비롯한 수원기생들은 고종 임금이 돌아가셨을 때
도 나라 잃은 설움을 토해내었다. 당시 고종 임금의 승하 발표
가 나자 기생, 광대, 배우들은 모두 휴업을 하고 근신에 들어갔
다. 그리고 덕수궁 대한문 앞에 백성이 모여 곡을 할 때 기생들
도 함께 참여하였다. 1월 27일 고종 장례에 맞춰 수원기생 20
여 명은 소복을 입고, 나무 비녀를 꽂고, 짚신을 신고 수원역
에서 기차를 타고 서울로 올라가 대한문 앞에서 망곡 (국상을
당해 대궐 문 앞에서 백성이 모여 곡을 하는 것)을 하기도 하
였다. 이렇듯 김향화를 중심으로 한 수원기생들의 애국 혼은
불타올랐다. 그러나 만세운동 이후 김향화의 행적은 전해지고
있지 않아 안타까움을 더한다. 이에 수원시에서는 김향화의
공훈을 기려 국가에 공훈 심사를 올린 결과 2009년에 대통령
표창을 추서하였다.

〈더보기〉

만세운동을 주도한 김향화와 33명의 수원 기생

"온갖 계책으로 봄을 머무르게 하되 봄은 사람을 머무르게 하지 못하고 만금은 꽃을 애석해 하지만 꽃은 사람을 애석해 하지 않아, 나의 푸른 쪽진 머리, 주홍 소매를 쥐고서 한번 넘어지면 이십 광음이 끝나도다. 누가 가곡이 근심을 능히 풀 수 있다 말하는가. 가곡은 일생의 업원(전생에서 지은 죄로 이승에서 받는 괴로움)이로다.   본디 경성 성장으로, 화류 간의 꽃이 되어, 삼오 청춘 지냈구나, 가자가자 구경 가자, 수원산천 구경 가자, 수원이라 하는 곳도, 풍류기관 설립하여, 개성조합 이름 쫓네, 일로부터 김행화도, 그 곳 꽃이 되었세라, 검무, 승무, 정재춤과, 가사, 시조, 경성잡가, 서관소리, 양금치기, 막힐 것이 바이없고, 갸름한 듯 그 얼굴에, 죽은깨가 운치 있고, 탁성인 듯 그 목청은, 애원성이 구슬프며, 맵시동동 중등 키요, 성질 순화 귀엽더라."

위는 1910년대 수원예기조합의 존재를 확실히 알려주는 『조선미인보감』에 나오는 김향화 이야기다. 이 책은 권번과 기생조합의 기생들을 홍보하고자 펴낸 자료로 '풍속 교화'라는 측면에서 일제가 기생들을 통제하고 있는 식민지배의 일면을 보여주고 있기도 하다. 당시 수원 기생은 1918년 33여 명에서 1925년 18명, 1929년 14명에서 30여 명으로 화성권번(華城券番)으로 바뀐 뒤 1940년대에는 50여명의 기생이 있었다. 1920년대에 기생의 수가 줄어서 나타난 것은 역시 3·1운동의 여파라고 볼 수 있다. 3·1운동을 주동했던 많은 기생이 옥고를 치르면서 복귀하지 못하였기 때문일 것이다. 이후 화성권번으로 바뀐 뒤 50여 명의 기생이 줄곧 유지되고 있었음을 볼 때 지방 권번으로서는 매우 큰 규모였을 것이다.

자혜의원 앞에서 일제의 총칼을 무서워하지 않고 만세운동을 벌인 수원예기조합 33명 기생의 면면을 살펴보자.

1910년대 수원예기조합의 기생들과 기예

(1918년 7월)

이름 (한자)	이름 (한글)	나이	현주소	기예(技藝)
徐桃紅	서도홍	21	水原郡 水原面 南水里123	劍舞, 僧舞, 呈才舞, 楊琴, 歌詞, 詩調, 京城雜歌, 西關俚謠, 書畫
金杏花	김향화	22	水原郡 水原面 南水里202	劍舞, 僧舞, 各呈才舞, 歌詞, 詩調, 京城雜歌, 西關俚謠, 楊琴,
李錦姬	이금희	23	水原郡 水原面 南水里214	男舞, 各呈才舞, 歌詞, 詩調, 京城雜歌, 西關俚謠
孫山紅	손산홍	22	水原郡 水原面 南水里204	男舞, 各呈才舞, 歌詞, 詩調, 京城雜歌, 西關俚謠
申貞姬	신정희	22	水原郡 水原面 南水里227	僧舞, 各呈才舞, 歌曲, 歌詞, 詩調, 京城雜歌, 西關俚謠
吳珊瑚珠	오산호주	20	水原郡 水原面 南水里192	劍舞, 各項呈才舞, 詩調, 歌詞, 京城雜歌, 南道俚唱
孫柳色	손유색	17	水原郡 水原面 南水里231	劍舞, 僧舞, 各呈才舞, 歌詞, 詩調, 京城雜歌, 西關俚謠, 楊琴,
李秋月	이추월	20	水原郡 水原面 南水洞276	各項呈才舞, 歌詞, 詩調, 京城雜歌, 西關俚謠
金蓮玉	김연옥	18	水原郡 水原面 南水里267	劍舞, 各項呈才舞, 歌詞, 詩調, 京城雜歌, 西關俚謠, 楊琴, 伽倻琴, 並唱
金明月	김명월	19	水原郡 水原面 南水里190	僧舞, 劍舞, 各項呈才舞, 歌詞, 詩調, 京, 西, 南雜歌, 楊琴, 墨畫
韓蓮香	한연향	22	水原郡 水原面 南水里216	立舞, 各項呈才舞, 歌詞, 詩調, 京城雜歌, 西關俚謠
鄭月色	정월색	23	水原郡 水原面 南水里276	男舞, 各種呈才舞, 伽倻琴, 並唱, 歌曲, 歌詞, 詩調, 京, 西, 南俚曲
李山玉	이산옥	19	水原郡 水原面 南水里235	歌詞, 詩調, 京城雜歌, 南道俚唱
金明花	김명화	17	水原郡 水原面 南水里214	劍舞, 各種呈才舞, 歌詞, 詩調, 京城雜歌, 西關俚謠, 楊琴
蘇梅紅	소매홍	20	水原郡 水原面 南水里203	男舞, 各呈才舞, 歌曲, 歌詞, 詩調, 京城雜歌, 西關俚謠
朴綾波	박능파	17	水原郡 水原面 南水里232	歌詞, 詩調, 京, 西, 南雜歌
尹蓮花	윤연화	19	水原郡 水原面 南水里106	立舞, 各呈才舞, 歌詞, 詩調, 京城雜歌, 西關俚謠
金鸚鵡	김앵무	16	水原郡 水原面 南水里232	歌詞, 詩調, 京城雜歌, 西關俚謠

이름		나이	현주소	기예(技藝)
한자	한글			
李一点紅	이일점홍	16	水原郡 水原面 南水里267	立舞, 歌詞, 詩調, 西關雜歌
洪竹葉	홍죽엽	18	水原郡 水原面 南水洞267	詩調, 京城雜歌, 西關俚謠
金錦紅	김금홍	17	水原郡 水原面 南水里115	立舞, 歌詞, 詩調, 京城雜歌, 西關俚謠
鄭可佩	정가패	17	水原郡 水原面 南水里249	各項呈才舞, 歌詞, 詩調, 京城雜歌, 西關俚謠
朴花娟	박화연	19	水原郡 水原面 南水里123	詩調, 京城雜歌
朴蓮心	박연심	20	水原郡 水原面 南水里151	歌詞, 詩調, 西關雜歌, 立舞
黃彩玉	황채옥	22	水原郡 水原面 南水里108	立舞, 各項呈才舞, 詩調, 京城雜歌, 西關俚謠
文弄月	문롱월	21	水原郡 水原面 南水里190	立舞, 詩調, 京, 南雜歌
朴錦蘭	박금란	18	水原郡 水原面 南水里232	立舞, 各項呈才舞, 羽界面, 詩調, 京城雜歌, 西關俚謠
吳彩瓊	오채경	15	水原郡 水原面 南水里192	僧舞, 歌詞, 詩調, 西關雜歌, 南道俚唱
金香蘭	김향란	18	水原郡 水原面 南水里276	歌詞, 詩調, 京城俚曲
林山月	임산월	17	水原郡 水原面 南水里249	歌詞, 詩調, 京城俗謠
崔眞玉	최진옥	19	水原郡 水原面 南水里206	歌詞, 詩調
朴桃花	박도화	23	水原郡 水原面 南水里218	男舞, 各呈才舞, 歌詞, 詩調, 京城雜歌,

"의기(義妓) 수원기생들의 3·1운동"에서 발췌 자료제공 이동근(수원박물관 전문위원)

무명지 잘라 혈서 쓴 항일의 화신

남자현

나라가 망해 가는데 어찌 집에 홀로 있으랴
핏덩이 아들 두고 늙으신 노모 앞서 죽음 택한
의병장 남편
왜놈 칼 맞아 선연히 배어든 피 묻은 속적삼
부여잡고 울 수만 없어
빼앗긴 나라 되찾고자 떠난 만주 땅

곳곳에 병들고
상처받은 동포들 삶
보살피고 어루만진 따스한 손

왜적 무토부요시를 응징하고
왼손 무명지 잘라
조선독립원(朝鮮獨立願) 혈서 쓰며 부르짖은 조국광복

만리타향 감옥에서 단식으로 숨 거두며
동지에게 남긴 마지막 한마디 말
'만일 너의 생전에 독립을 보지 못하거든
너의 자손에게 똑같은 유언을 하라
최후의 한 명까지 남아
조국광복을 기필코 쟁취하라 당부하던 여장부

아!
조선 천지에 이만한 여걸이 어디 또 있으랴!

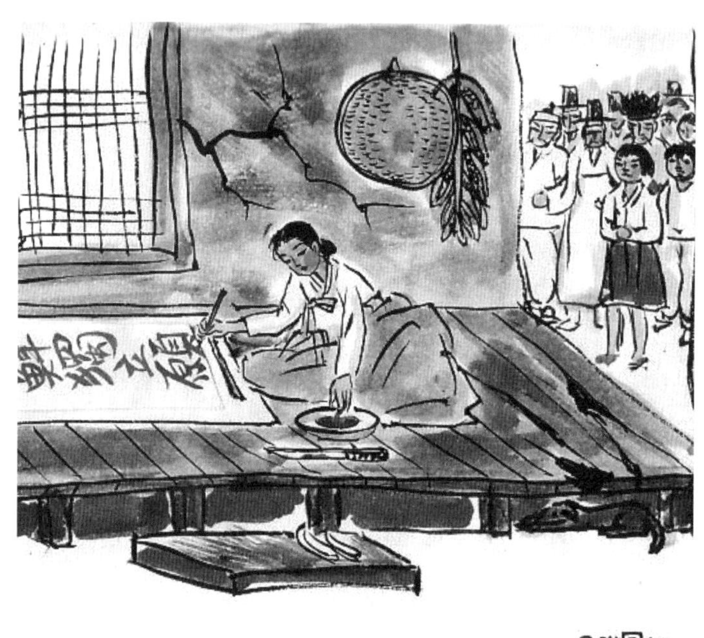

▲ 무명지 잘라 조선독립원을 쓰는 남자현 애국지사의 굳은 의지

남자현(南慈賢, 1872. 12. 7 ~ 1933. 8. 22)

19살 때 경북 영양군 석보면 지경동에 사는 의성 김씨 김영주에게 시집 가 단란한 생활을 꾸렸으나 일제의 만행이 점차 극성을 부리자 남편 김 씨는 1896년 남자현 애국지사에게 "나라가 망해 가는데 어찌 집에 홀로 있을 것인가. 지하에서 다시 보자며 결사보국(決死報國)을 결심하고 의병을 일으켜 일본군과 싸우다가 전사하니 결혼 6년 만이었다. 남자현은 그때 임신 중이었다.

핏덩어리 아들과 늙으신 시어머니를 봉양하며 때를 기다리던 남자현은 46살 되던 해에 3·1만세운동이 일어나자 항일 구국하는 길만이 남편의 원수를 갚는 길임을 깨닫고 3월 9일에 아들과 함께 압록강을 건너 중국 요녕성 통화현(通化縣)으로 이주해 서로군정서(西路軍政署)에 들어가 독립군의 뒷바라지를 하기 시작하였다. 이후 북만주 일대에 농촌을 누비며 12개의 교회를 건립하였으며 10여 개의 여자교육회를 만들어 여성계몽에도 힘썼다.

망명 6년째인 1925년에는 채찬·이청산 등과 함께 일제총독 사이토(齋藤實)를 암살하기로 결의했으나 실패했다. 마침 그때 길림주민회장 이규동, 의성단장 편강열, 양기탁·손일민 등이 주동이 되어 재만 독립운동단체의 통일을 발기하자 남자현은 이에 적극적으로 참가하여 통합에 큰 공헌을 하였다.

1928년에는 길림에서 김동삼·안창호 외 47명이 중국경찰에 잡히자 감옥까지 따라가서 지성으로 옥바라지를 하였으며 이들의 석방에 힘썼다. 1932년 9월에는 국제연맹 조사단 「릿

톤」경이 하얼빈에 조사차 왔을 때 왼손 무명지 두 마디를 잘라서 흰 수건에 「韓國獨立願」이란 혈서를 쓰고 자른 손가락을 싸서 조사단에게 보내어 조선의 독립 의지를 국제연맹에 호소하였다.

1933년에는 여러 동지와 함께 일본대사관 무토부요시(武藤信義)를 죽이기로 계획하고 하얼빈에서 중국인 거지 할머니로 변장한 뒤 무기와 폭탄을 운반하다가 하얼빈교외 정양가(正陽街)에서 일경에게 체포되었다. 이후 여섯 달 동안 가혹한 형벌 받아오다가 그해 8월부터 단식항쟁을 시작하였고 17일 만에 사경에 이르자 보석으로 석방되었으나 '독립은 정신으로 이루어진다.'라는 말을 남기고 그해 8월 22일 60살을 일기로 한 많은 생을 마감했다.

당시 남자현의 죽음을 두고 하얼빈의 사회유지, 부인회, 중국인 지사들은 남자현 애국지사를 '독립군의 어머니'라고 존경했으며 한국독립당의 기관지인 〈震光, 1934.1월〉에는 남 애국지사의 항일투사 소식을 상세히 보도했다. 그보다 앞선 1933년 6월 19일 자 동아일보에는 "전권대사 무토 암살 미수" 라는 제목으로 남 애국지사의 항일투사 소식을 크게 보도하였다. 유해는 하얼빈 남강외인(南崗外人) 묘지에 묻혔다가 외인묘지가 이전되는 과정에서 산실되었으며 1967년 7월 26일 국립서울현충원 애국지사 41 묘역에는 그 유품만 안장되었다. 정부에서는 고인의 공훈을 기리고자 1962년에 건국훈장 대통령장을 추서하였다.

▲ 비 내리던 날 국립현충원 남자현 애국지사 무덤에서

부산이 낳은 대륙의 들꽃

박차정

흙 담장 위로 호박순이 소리 없이 기어오르고
하늘은 비를 뿌릴 듯 먹구름 드리웠다
임이 계실 일 없겠지만
동래 칠산동 생가 텅 빈 기와집 안채 뜨락엔
어디선가 때 이른 흰나비 한 마리 날고 있다

임도 나비 되어 고향 땅 찾았을까
툇마루 걸터앉은 나그네 곤륜산 하늘을 더듬는다

부산의 조숙한 문학소녀
경술국치 치욕의 날 자결한 아버지 뒤를 이어
타오르던 항일 투지 끝내 의열단 투신했었지

톨스토이와 투르게네프를 사랑하는
조선의 피 끓는 혁명가와 맺은 언약
신방에 타오르는 촛불 우국의 횃불 삼아
대륙을 휘저으며 일제에 대적하던 여장부

곤륜산 피 튀는 전투에서 마감한 서른네 해 삶
왜적의 총칼에 날개 꺾였으나
나라사랑 마음 생사 따라 변하지 않아

조국의 빛 찾던 날 피 묻은 속적삼 가슴에 품고
고향 땅 돌아온 남편 슬픔 삭일 때
긴 가뭄 끝 밀양 감전동 하늘에 때맞춰 내리던 단비
대지에 피처럼 스며들던 불굴의 투지여라.

박차정(朴次貞, 1910. 5. 7 ~ 1944. 5. 27)

천궁(天宮)에서 내다보는 한 조각 반월이
고요히 대지 위에 비칠 때
우리집 뒤에 있는 논 가운데는
뭇 개구리 소리마춰 노래합니다.
내 기억의 마음의 향로에서 흘러 넘쳐서
비애의 눈물이 떠러집니다
미지의 나라로 떠나신 언니
개구리 소리 듣기 좋아 하더니
개구리는 노래 하것만
언니는 이 소리 듣지 못하고 어디갔을까?

　이 시는 문학소녀 박차정이 동래일신여학교 시절에 교우지〈일신〉 2집에 실은 '개구리소리'로 일찍 죽은 언니를 추모하는 노래이다.
　박차정은 부산 동래 출신으로 아버지 박용한(朴容翰)과 어머니 김맹련(金孟蓮)의 3남 2녀 중 넷째로 태어났다. 일찍부터 부모와 오빠인 박문희와 박문호, 숙부 박일형 등의 영향으로 강한 민족의식을 갖게 되었다.

　민족교육의 전통이 강했던 일신여학교 재학 중 민족운동에 투신하여 조선소녀동맹 동래지부에서 활동하였고, 동래청년동맹의 집행위원을 맡기도 하였다. 1927년 근우회 동래지회 결성에 참여한 이래 박차정은 민족독립에 관한 글을 발표하는 등 두각을 나타내었다.

　특히 여성 민족운동단체인 근우회에 참여하면서 1929년 근우회 중앙집행위원, 상무집행위원으로 선출되어 선전조직과

출판부문을 담당하였다. 당시 근우회는 학생운동에도 관여하여 1930년 1월 서울의 11개 여자학교 학생들이 주도한 광주학생운동 동조시위를 배후에서 지도하였다. 이때 주도적 역할을 하였기 때문에 시위 직후 체포되어 혹독한 고문을 당했다.

석방 후 고문 후유증 치료를 받던 중 중국에 먼저 건너가 의열단에서 활약하던 둘째 오빠의 주선으로 북경으로 건너가 조선공산당재건설동맹의 중앙위원으로 활동하였다. 또한, 레닌주의정치학교의 운영에도 참여하였으며 1931년 의열단장 김원봉과 결혼하였다. 1932년 남경으로 옮긴 뒤에도 김원봉을 도와 조선혁명군사정치간부학교 개설을 준비하였고, 개교 후에는 여자부 교관으로 교양교육과 훈련을 담당하였다.

1938년 10월 조선의용대 창설 때 22명으로 구성된 대본부 부녀복무단장으로 선출되었다. 박차정이 많은 여성독립가 중에서 부녀 복무단 단장으로 선출된 것은 탁월한 지도력과 따스한 마음을 지녔기 때문이다. 조선의용대 대원 가운데는 여자 대원이 많이 있었는데 박차정은 자상한 언니처럼 대원들을 보살펴 주었다. 여성 대원들은 감자밭을 일구거나 도토리를 주워 가루로 만들어 대원들을 식량 조달에도 힘썼다.

그러나 불행하게도 1939년 강서성 곤륜산 전투에서 부상을 당한 것이 낫지 않고 후유증이 도져 광복 1년을 앞둔 1944년 34살의 아까운 나이로 중경에서 숨을 거두고 말았다. 유해는 해방 직후 1945년 12월 송환, 김원봉의 고향인 밀양에 안장되었다. 부산 금정구에 동상(2001.3)이 세워져 있고, 동래구 칠산동에 생가가 복원되었다. (2005.7)
 정부는 그의 공훈을 기리어 1995년 건국훈장 독립장을 추서하였다.

일본순사들도 무서워 벌벌 떨던 의열단장 남편
김원봉

　김원봉(金元鳳, 1898.8.13~1958.11.)은 한국의 독립운동가이자 군인이며, 혁명가·정치가이고, 조선민주주의인민공화국의 정치인이다. 위키백과사전에는 '김원봉'에 대한 첫 줄을 그렇게 쓰고 있다. 그리고 마지막에는 다음과 같이 썼다. "대한민국에서는 그가 자발적인 월북자라는 이유로 제1공화국이 붕괴한 뒤에도 금기시되었다. 조선민주주의인민공화국에서는 연안파가 숙청되고 그의 처당숙인 김두봉이 쿠데타로 실각, 숙청당하면서 그는 금기인물이 되었다. 1980년대에 들어 재평가, 재조명해야 한다는 여론이 나와 그의 일대기와 2000년대 이후 훈장 서훈 노력이 시작되었다."

　이와 더불어 독립기념관장을 지낸 김삼웅 선생은 "일제강점기 일제와 가장 치열하게 싸웠던 독립투사인 김원봉에 대해서 재평가가 이루어져야 한다. 김원봉은 사회주의자가 아니었다. 남에서는 사회주의자로 평가했지만, 그는 사회주의자와 입장을 달리한 진보적 민족주의자였다. 김일성의 처지에서 보면 해방 후 박헌영 등 남로당을 숙청한 후 김원봉은 마지막 남은 라이벌 같은 존재였고 이 때문에 김원봉을 배제했을 개연성이 크다. 해방 후 친일파들로부터 신변에 위협을 느껴 망명하듯 월북했는데, 이를 이유로 독립운동 서훈을 인정하지 않는 것은 바람직하지 않다." 라고 했다.

　약산 김원봉을 비롯한 많은 항일투사가 활동할 당시는 냉전시대가 아니었다. 그 당시 우리 겨레에게 공산주의는 서양에서 들어온 수많은 사조 가운데 하나였을 뿐이며, 반공이란 개념도 거의 없었고, 일본과 싸우는 아시아의 두 대국 러시아와 중국이 모두 공산주의를 받아들였기 때문에 당시 독립운동가들은 상당수가 직·간접적으로 공산주의에 노출되어 있었다. 따라서 정치적·경제적인 목적에서 반공이념이 본격적으로 만들어진 후대의 관점에서 김원봉이 공산주의자냐 아니냐를 따지며 그의 항일투쟁과 독립운동 공적의 높고 낮음을 따지는 건 상당히 무의미한 논쟁이라는 주장이 있다. 남한과 북한 그 어느 곳에서도 김원봉에 대해 기념하는 어떤 묘소도 기념비도 없는 게 지금 실정이다.

평남도청에 폭탄 던진 당찬 임신부

안경신

토지수탈 앞잡이 동양척식회사에 폭탄 던진 나석주
조선인 잡아 가두던 종로경찰서에 폭탄 던진 김상옥
상해 홍구공원 대 쾌거 윤봉길
도쿄 황거 앞에서 폭탄 던진 김지섭 이봉창 의사

제국주의 무모한 만행 더는 두고 볼 수 없어
여자의 몸 뒤질세라
치마폭에 거사 이룰 폭탄 몰래 숨겨 들여와
신의주 철도호텔, 의천경찰서, 평남도청에 던진 그 용기

꽃다운 스물세 살 임신부
폭탄 들어 평남도청 향해 힘껏 던지던 날
하늘도 놀라고 땅도 놀라고 온 천지가 부들부들 떨었다네

갓 낳은 핏덩이 끌어안고
왜경에 잡혀 철창 속에 갇혀서도
빼앗긴 나라를 되찾는 게 무슨 죄냐고
쩌렁쩌렁 호령하던 열사

출옥 후 핏덩이와 간 곳 알 수 없지만
어느 이름 모를 곳에서 또
힘차게 대한독립만세 외치며
그 투지 불태웠을 테다.

▲ 임신한 몸으로 평남도청에 도시락 폭탄을 힘껏 던지는 안경신 애국지사

안경신(安敬信, 1877 ~ 미상)

"독립투쟁가가 많이 있고 여성투쟁가도 수없이 있다. 그러나 안경신 같이 시종일관 무력적 투쟁에 앞장서서 강렬한 폭음과 함께 살고 죽겠다는 야멸찬 친구는 처음 보았다" 이는 안경신의 동지 최매지(崔梅智)가 한 말이다.

1920년 8월 3일 밤 고요한 평양시내에 군중이 혼비백산할 만한 굉음이 울렸는데 다름 아닌 평남도청이 폭발물에 의해 파괴된 것이었다. 이 폭탄을 던진 주인공은 당당하게도 스물세 살의 젊은 여성 안경신(安敬信)이었다. 그가 왜 폭탄을 던졌는지 들어보자.

"3·1 만세운동 때도 참여하였지만 그때는 큰 효과를 내지 못했다. 나는 일제 침략자를 놀라게 해서 그들을 섬나라로 철수시키는 방법이 무엇인가를 곰곰 생각해 보았다. 그것은 곧 무력적인 응징방법으로 투탄(投彈), 자살(刺殺), 사살(射殺) 같은 1회적 효과가 주효할 것으로 믿고 있다."라고 '비밀결사대한애국부인회 검거'시에 안경신은 일본 고등경찰에게 그렇게 당당히 말했다.

(1920.11.4, 高警 제33902호)

안경신은 대한광복군총영에 가담하였는데 이 조직은 중국 동삼성 지역에 산재해 있는 각종 항일투쟁 단체를 망라하여 통합한 전투 단체로서 1920년 3월 대한민국임시정부의 승인을 받았다. 이 단체의 투쟁목표는 일제의 착취기관, 정책수행기관 폭파와 침략의 수뇌부 인사 사살이었다.

1920년 8월 미국 상하의원단 100여 명이 동양 시찰차 한국도 통과한다는 귀중한 정보가 광복군 총영에 입수됐다. 총영에서는 조국 독립에 관한 영문 진정서 43통을 작성, 임시정부를 통해 제출케 한 뒤 국내의 일제 통치기구들을 파괴하고 일본 관헌들을 암살하여 세계의 여론을 환기시킬 계획을 세웠다.

이에 7월 25일 결사대를 3대로 편성해 폭탄, 권총 및 전단(4만장)을 배포하였는데 결사대원은 안경신을 비롯해 임용일, 정일복, 박경구, 김영철 등 16명이었다. 평양을 담당한 안경신은 대원들과 7월 15일 총영을 출발, 국내로 잠입하던 중 안주에서 검문 검색하는 일경 1명을 사살하고 도보로 평양에 입성했다.

안경신은 단독으로 평남도청 (8월 3일) 그리고 다른 동지와 신의주 철도호텔(8월 5일), 의천경찰서(9월 1일) 등에 폭탄을 던졌는데 특히 8월 3일 저녁 9시 50분경 투척한 평남도청 폭파 사건은 이웃에 있는 경찰서 건물이 파괴되고 왜경 두 명이 폭살 당하는 쾌거를 이뤄 여류투사로서의 이름을 만방에 드날렸다. 당시 일제의 삼엄한 경계망을 뚫고 여성의 몸으로 거사를 위한 폭파용 폭탄을 비밀리에 반입한다는 것 자체가 세상을 놀라게 한 일이었으며 더욱 놀라운 일은 거사 시에 안경신은 홀몸이 아닌 임신 상태였다. 거사 후 피신하여 있던 중 8개월 만인 1921년 3월 왜경에 체포 될 때에는 해산한지 얼마 안 된 상태로 핏덩이 아기와 함께 투옥되었다.

안경신의 사형 소식이 상해 임시 정부에 전해지자 김구와 장덕진 등이 탄원서와 석방 건의문을 보내 10년 형으로 감해졌는데 법정에서 안경신은 "조선 사람이 조선독립운동을 하여 잘 살겠다고 하는 것이 무슨 죄냐"는 벽력같은 소리로 재판장을 꾸짖고 당장 석방하라는 불호령을 내려 간수가 가까스로 형무소로 송환했다는 일화가 있을 정도로 감옥에서도 굴하지 않는 자세는 후세 사람들의 본보기로 남아있다.

안타깝게도 출옥 후 안경신에 대한 행방에 대해서는 알려지지 않았다. 핏덩어리를 안고 형무소로 잡혀갔던 안경신의 출옥 후의 생활은 물론 사망 연도조차 알려지지 않은 상태로 정부는 1962년 3·1절에 안경신에게 건국훈장 국민장을 추서했다.

女子爆彈犯

▲ 여자폭탄범이란 기사로 대서특필한 1921.5.2 동아일보

1920년 7월 국내에는 '적의 관공리 된 자여 곧 퇴직하라.' 라는 경고문이 나돌았는데 안경신도 이 경고문을 읽고 힘을 얻었을 것이다. 내용 중 일부를 소개하면 다음과 같다.

"적의 관공리자 된 자여 곧 퇴직하라"

대한인아, 의를 아는 대한인아, 적의 관리가 되지 마라. 대한인아, 네가 대한인으로서 적의 주구(走狗)가 되었거든 오늘에 분연히 그 더러움에서 떠날지어다.

1. 대한의 정신
네가 대한의 피를 받았으니 응당 대한의 정신을 가졌으리라. 네가 진실로 대한의 정신을 가졌을진대 어찌 차마 조국과 동족을 적에게 파느뇨?

2. 의기와 용기
네가 대한의 피를 받았으니 응당 의기와 용기가 있으리라. 네가 실로 의기롭고 용감한 자 일진대 어찌 구구히 사욕을 위해 대의를 멸하랴!

3. 조상의 의혈
불로 지져 죽음에 이르되 적의 신하가 되지 아니한 너의 조상, 사직이 망함에 순국한 너의 조상이 너를 부른다. 네가 실로 이러한 대한의 피를 받았을진대 응당 육신을 죽이고라도 정신을 살리라.

4. 동포가 부른다

  3백 년 전에, 10년 전에 조국을 위하여 무참히 왜적에게 짓밟힌 무수한 혼이 너를 부른다. 독립운동에 죽고 상한 너의 동족이 지금 옥중에서 갖은 고초를 당하며 죽어 가는 누이가 아우가 너를 부른다. 네가 대한 사람이니 응당 자나 깨나 귀에 그 소리를 못 잊으리라.

5. 독립의 값

  네가 노예에서 벗어나려느뇨. 독립국민이 되려느뇨. 그러하건대 오늘로 결연히 퇴직하라. 자유와 독립이 너에게 값을 요구한다.

-숙명여대 한국학연구소 발간.
'한국학 연구 제2집. 1992. 12' 235-268쪽

개성 3·1 만세운동을 쥐고 흔든 투사

어윤희

가녀린 여자에게 수갑을 채우지 마라
수갑 들고 군화발로 잡으러 온 순사
호통치며 물리친 여장부

동학군 앞장선 남편
신혼 3일 만에 왜놈 칼에 전사한 뒤
나선 독립투사 길

저 앙큼한 년
저년을 발가벗겨라
협박 공갈하는 순사 놈 앞에 서서
스스로 훌라당 옷을 벗은 그 용기

이화학당 어린 유관순 함께 잡혀
먹던 밥 덜어주며 삼월 하늘 우러러 보살핀 마음

만세운동으로
군자금 모집으로
애국계몽운동으로
헐벗은 고아의 어머니로 살아낸
꺼지지 않는 불꽃

여든 해 삶 마치고 돌아가던 날
내리던 희고 고운 눈 순결하여라.

어윤희(魚允姬, 1880. 6. 20 ~ 1961. 11. 18)

2011년 5월의 '이달의 독립운동가 어윤희 선생'은 신간회와 근우회 개성지회 창립의 주역으로 활동한 독립투사로 충북 충주군 소태면 덕은리 산골에서 태어났다. 결혼 3일 만에 남편이 동학군으로 나가 일본군과 싸우다 전사하고 2년 뒤엔 아버지마저 사망하자 새로운 삶을 개척하고자 개성으로 이주하였다. 1910년에 개성 북부교회 교인이 되었으며, 1912년 32살의 나이로 미리흠여학교를 다녔다. 이후 3월 만세 운동이 전국적으로 일어나자 기숙사 사감을 하고 있던 어윤희는 독립선언서 2,000장을 개성 읍내 만월정·북본정·동본정의 각 거리에서 손수 뿌리면서 독립의식을 고취시켰다. 이것이 개성지역 3·1만세운동의 도화선이다. 이 일로 어윤희는 일본 경찰에 연행되어 1년 6개월의 징역형을 선고받고 서대문형무소에 투옥된다. 비록 몸은 옥중에 갇혔으나 유관순 등 어린 동지들을 보살피며 일제에 단호히 맞선 당당한 여성 독립투사이다.

어윤희는 당시 만세운동과 연루되어 형사들이 수갑을 채우려 하자, "천하 만방에 여자에게 수갑을 채우는 나라가 일본 말고 또 어디에 있느냐? 당신들이 내 몸을 묶어갈망정 내 마음은 못 묶어 가리라"하고는 땅에 동그란 원을 그리고 그 안에서 "여기 며칠을 서 있으라 해도 그대로 서 있을 나다."라고 오히려 당당히 큰소리를 치며 형사들을 기죽게 하였다.

그뿐만 아니라 조사를 받을 때에 배후가 누구인지 캐묻는 이들을 향해 "새벽이 되면 누가 시켜서 닭이 우냐? 우리는 독립할 때가 왔으니까 궐기한다."라고 호통을 쳤으며 감옥에서 옷을 벗기려 하자 스스로 홀라당 옷을 벗어 보여 형사들이 눈 둘

바를 모르게 했다는 일화가 있을 정도로 당당했다.

　1920년 7월 15일 개성여자교육회 창립에 동참하여 국권회복과 여성의 권익 신장을 목표로 강연 활동을 전개하여 민족운동의 여성지도자로 역할을 다하였으며 독립운동가들에게 자금을 지원하고 육혈포 탄환을 비밀리에 전달하였으며 독립군에게 은신처를 제공하는 등 독립운동의 측면에서 적극적으로 도왔다. 또 고향을 떠나 독립운동을 하는 수많은 애국청년들의 뒷바라지를 하는 한편, 일제 말 개성에 우리나라 최초 보육원인 유린보육원을 설립하여 헐벗은 고아들을 돌보는 따스한 인정을 베풀었다. 1961년 11월 22일 자 경향신문에서 유달영 씨는 어윤희 만한 독립운동가는 조선을 다 뒤져도 몇 안 되는 분이라면서 그의 사망 소식을 듣고 베개를 적시었다는 글을 남기고 있다.

　정부에서는 고인의 공훈을 기리어 1995년에 건국훈장 애족장을 추서하였다.

<더보기>

만세사건 연루자 가운데 가장 형량이 많았던
어윤희

　평강읍내 만세사건 연루자 중 가장 형량이 많았던 어윤희는 <매일신보> 1929년 4월 18일 자에 그 이름이 보인다. 당시 공판 기록(아래) 중 어윤희의 형량이 1년 6개월로 가장 많다. 그 누구도 선뜻 전단물 배포를 꺼려할 때 민족의 독립을 고취시키는 전단물을 결연한 마음으로 배포하고 개성의 만세 운동을 주도한 죄였다.

　京城地方法院에 지난 3月 2, 3日 兩日間에 發生한 平康 邑內 獨立萬歲運動과 3月 2日 開城에서 發生한 宣言書 撒布事件에 對한 公判言渡가 있었는데 다음과 같다.

　〈平康事件〉

李春浩 懲役 10月 張斗京 懲役 8月
金瀅九 懲役　8月 蔡章淑 懲役 1年
李京善 懲役　8月 朴羅英 懲役 8月
金炳律 懲役　8月 李基薰 懲役 8月
李泰潤 懲役　1年 李道相 懲役 1年
李晁河 懲役 10月 睦俊相 懲役 8月
金昌錫 懲役 10月 沈憲燮 懲役 9月
全瓚鎬 懲役 10月 權炳植 笞　90
崔一龍 笞　　90

〈開城事件〉

魚允姬 懲役 1年6月 (어윤희 징역 1년 6개월)
申寬彬 懲役 1年
韓永洙 懲役 8月 申東潤 懲役 1年6月
全容燮 笞 90

- 每日申報 1919.4.18. -

어두운 암흑기 임시정부의 횃불

연미당

1938년 5월 6일 밤 창사 남목청 6호
삐걱거리는 낡은 목조 건물 이층 회의실
김구 현익철 유동열 지청천 모여
독립 꿈꾸며 머리 맞대던 그때

탕탕탕타앙... 타..앙...

변절자 이운한이 꺼내 든 권총
슬픈 내 동포 손에 총 맞아
현익철이 절명하고 백범 선생 관통상 입어

사경 헤매는 겨레 스승 부축이며
독립의 날개를 꿰매던 이여

때로는 씩씩한 목소리로 광복군 소식 알려
피 끓는 동포애 북돋우고
때로는 광복진선 청년공작대원 되어
고난 속에 한 송이 연꽃으로 피어난 이여

장강의 물길 따라 떠돌던 임시정부
독립의 선봉자 남편과 광복군 딸 어깨동무하고
더 큰 투지로 임시정부의 횃불 된 이여.

▲ 신한촌이라 불리던 토교의 임시정부 망명가족들이 머물던 곳 (2011.1.10)

연미당(延薇堂, 1908. 7. 15 ~ 1981. 1. 1)

"연미당, 이복영, 김정숙 등이 안창호 선생 추도회에서 애도가를 불렀으며 추도식장 안은 비분강개한 분위기로 눈물바다를 이루었다." 이는 1938년 6월 30일 〈신한민보〉 기사로 연미당이 30살 때의 일이다. 일명 충효(忠孝) 미당(美堂)으로 불리며 경기도 여주 출신인 연미당은 이보다 앞서 22살 때인 1930년 8월 중국 상해에서 한인여자청년동맹이 조직되었을 때 5명의 임시위원 중 한 사람으로 선출되어 상해 청년 여자교민에 대한 조사와 상해지역에 거주하고 있던 교민들의 단합을 위하여 활동하였다.

윤봉길 의사의 상해 홍구공원 거사 뒤 일제의 포악한 탄압을 피해 대한민국임시정부가 1932년 4월부터 1936년 5월에 이르는 동안 가흥·진강을 거쳐 장사(長沙)로 이동할 때 임시정부 요인들을 수행하며 도왔고, 장사에 있는 남목청(楠木廳)에서 3당 통일회의가 열리고 있을 때 이운한의 저격을 받아 중상을 입은 백범을 정성으로 간호하였다.

1938년 10월에는 한국광복진선청년공작대원(韓國光復陣線青年工作隊員)이 되어 선전과 홍보활동에 주력하였고 1943년 2월 중경에서 한국애국부인회의 조직부장으로 선출되어 반일의식을 고취하는 방송을 담당하며 활동하였다. 또한, 1944년 중국 국민당정부와 대한민국임시정부 간의 협조로 대적선전위원회(對敵宣傳委員會)를 통해 임시정부와 광복군의 활동상황을 우리말로 방송하였다. 일본군 내의 한국인 사병에 대하여 초모공작을 하면서 한국 여성들의 총궐기를 촉구하며 활동하는 한편 1944년 3월에는 한국독립당에 입당하여 조국독립을 위한 활동을 전개하여 나갔다.

임시정부에서 선전부장과 주석판공비서에 임명되어 광복될 때까지 독립운동에 헌신한 엄항섭(嚴恒燮, 1898.9.1~1962.7.30)은 그의 남편이다.

정부에서는 고인의 공훈을 기리어 1990년에 건국훈장 애국장을 추서하였다.

연미당 남편 엄항섭은 열렬한 독립지사

　김구는 '백범일지'에서 엄항섭에 대해 이렇게 쓰고 있다.
　"엄항섭 군은 자기 집을 돌보지 않고 석오 이동녕 선생이나 나처럼 먹고 자는 것이 어려운 운동가를 구제하기 위해 불란서(프랑스) 공무국에 취직을 하였다. 그가 불란서 공무국에 취직한 것은 두 가지 목적에서였다. 하나는 월급을 받아 우리에게 음식을 제공해 주는 것이고 다른 하나는 왜(일본)영사관에서 우리를 체포하려는 사건을 탐지하여 피하게 하고 우리 동포 중 범죄자가 있을 때 편리를 도모해 주는 것이었다."
백범이 있는 곳이면 어디라도 그림자처럼 동행하면서 대한민국임시정부에서 활약한 사람이 엄항섭 지사이다. 그는 경기 여주 출신으로 1919년 중국 상해로 망명하여 임시정부 여주군 담당의 국내조사원과 법무부 참사(參事) 등에 임명되어 활동하였다. 1922년 절강성 항주에 있는 지강대학(之江大學)을 졸업한 뒤 임시의정원 의원과 임시정부 비서국원 등으로 활동하였다. 1924년 상해청년동맹회를 조직하여 집행위원에 선정되었으며 경제후원회를 만들어 임시정부를 적극적으로 지원하는 활동을 전개하였다.

　1931년 한국교민단의 의경대장(義警隊長)으로 활동하면서 조선혁명당을 조직하여 조직의 재무를 맡았으며, 애국단조직에 참여하여 김구의 주도하에 계획된 윤봉길 의사의 홍구공원 의거를 적극적으로 지원하는 한편 1936년부터는 임시의정원 의원으로 계속 활동하였다. 1937년 2월 한국광복운동단체연합회를 결성하여 항일전선을 구축하였으며, 임정의 결산위원을 담당하였다.

　1940년 5월 3당 통합운동에 참여하여 한국독립당을 창당하고 그 집행위원에 선임되었으며, 1941년 10월에는 임시의정원 의원으로 외무위원회 위원장에 선출되었고, 10월 11일에는 한·중문화협회(韓·中文化協會)의 한국측 이사에 선임되었다. 1944년 5월 임시정부의 선전부장 및 주석판공비서에 임명되어 광복될 때까지 독립운동에 헌신하다가 광복 후 1945년 11월 백범 김구와 함께 환국하였다. 광복 후 민주의원의 의원 등으로 활동하다가 6·25 당시 북한에 납치되었다.

　정부에서는 그의 공훈을 기리어 1989년에 건국훈장 독립장을 수여하였다.

연미당 딸 엄기선도 광복군 길 걸어

　엄기선 (嚴基善, 1929.1.21~2002.12.9)은 1938년 12월부터 한국광복군(韓國光復軍)의 전신인 한국광복진선청년전지공작대(韓國光復陣線靑年戰地工作隊)의 공작대열에 오희옥(吳姬玉) 등과 함께 참가하였다. 이들은 일본군내의 한국인 병사에 대한 초모공작의 하나로 연극이나 무용 등을 통하여 적국의 정보를 수집 보고하는 한편 대원들의 사기를 북돋우었으며 중국 국민에게 한국인들의 투지를 널리 알렸다. 이때 엄기선은 박영준·이재현·노복선 등의 선배들과 함께 활동하였다. 그 뒤 1943년 2월 무렵부터 중경의 대한민국임시정부 선전부장으로 활약하던 아버지 엄항섭을 도와 중국 측 방송을 통하여 임시정부의 활동상황과 중국에서의 일본군의 만행을 동맹국과 국내 동포들에게 알렸다. 또한, 중국 토교(土橋)의 깊은 산 계곡에 소재한 수용소를 찾아가 일본군 포로 중 한국 국적을 가진 사병들을 위문하고, 일제의 패망을 예견하는 선전공작에 진력하는 등 광복을 맞이할 때까지 독립운동에 매진했다.

　정부에서는 그의 공훈을 기리어 1993년에 건국포장을 수여하였다.

광활한 중국 대륙 여자 광복군 맏언니

오광심

대륙의 찬바람 속 광복이 무엇이드냐
변절자의 방화로 심한 화상입고 바위굴 숨어들 때
놀란 박쥐들 퍼덕이며 날아갔었지

어제는 유화현 삼원포 민족교육 겨레 혼 심고
오늘은 눈보라 속 독립군 행진에 앞장선 이여
북녕 철로 산해관 넘어 북만주 땅 찾아가는 길
철통같은 일본군 수비대 따돌리고자
중국인 아낙으로 변장이야 했다지만
품속의 비밀문서 들킬까 통째로 외워버린 지략

만주에서 불호령 치던 유격대 출신 높은 기개
안휘성 부양에서 지하공작 선봉장 되어
열대여섯 어린 독립군 보듬으며
광복군 후예 길러 낸 자상한 맏언니

해방된 조국에서 금의환향 바란 바 없지만
대륙을 호령하던 열혈 독립투사
빛 찾은 고국에서 갈 곳 없어 떠돌다
차디찬 골방에서 숨져갈 줄이야.

오광심(吳光心, 1910. 3. 15 ~ 1976. 4. 7)

 평북 선천 사람으로 임시정부에서 활약한 김학규의 부인이
다. "실전 경험이 있더라도 군 지도자가 되려면 군사학을 배워
야한다."라고 주장한 김학규는 1936년 1월 중국 중앙군관학교
인 노산학교에 들어가 군사훈련을 받는 한편 그해 12월 남경에
서 조선혁명당을 재건하고 한국국민당, 한국독립당, 미주의 몇
몇 단체들을 연합하여 한국광복진선(韓國光復陳線)을 조직한
사람으로 오광심은 여성의 몸으로 남편과 함께 당당한 한국의
광복군으로 나라의 독립을 위해 뛰었다.

 유주(류쩌우)지역에서 탄생한 청년공작대는 항일의식고취를
위한 선전, 중국인의 항일의지와 반일감정 고취를 도왔으며 항
일의 내용을 담은 벽보, 합창, 연극 등을 통해 독립의지를 북
돋았다. 청년공작대는 이듬해 중경에서 한국광복군을 창설하
는데 밑거름이 되었다. 조국의 광복을 되찾는 데는 남녀노소가
따로 없었음을 보여준 예가 오광심이 속한 한국광복진선의 청
년공작대였다. 1938년 11월 결성된 공작대의 총 대원수는 34명
이었는데 이 가운데 3분의 1인 11명이 여자였다. 그 면면은 다
음과 같다.

 오광심(1910년생, 30살) : 조선혁명당원 김학규
 (광복군 제3지대장) 부인
 지복영(1920년생, 20살) : 지청천 장군(광복군 총 사령관) 차녀
 오희영(1924년생, 16살) : 오광선 장군 장녀
 오희옥(1926년생, 14살) : 오광선 장군 차녀
 방순희(1904년생, 36살) : 임정의정원 의원 김관오(광복군) 부인
 김병인 : 이준식(광복군 총사령부 제1대장) 부인

김효숙(1915년생, 25살) : 김봉준 장녀, 송면수 부인
신순호(1922년생, 18살) : 신건식 딸
연미당(1908년생, 32살) : 엄항섭 부인
조계림(1925년 생, 15살) : 조소앙 딸
이국영(1921년생, 19살) : 민영구 부인

　여자대원들은 거의 한국독립당, 한국국민당, 조선혁명당 당원들의 부인과 딸이었으며 10대부터 30대까지 다양했다. 이 가운데 오광심은 이미 만주에서 5년간 항일투쟁 경험을 가진 바 있으며 남경에서 추진되던 대일항전을 위한 각 당 통일 운동에도 중요한 역할을 하던 보기 드문 실전경험을 가진 역전의 투사이다. 오광심은 1940년 9월 17일에 한국광복군이 창립되자 김정숙, 조순옥 등과 함께 여군복을 입고 광복군 창립식에 참가하였다. 그 뒤 광복군의 제3지대장인 부군 김학규와 함께 제3지대의 간부로서 광복군 선전활동을 맡아 광복을 위해 뛴 여장부요, 광복군의 맏언니였다.

　정부에서는 고인의 공훈을 기리기 위하여 1977년에 건국훈장 독립장을 추서하였다.

님 찾아 가는 길

오광심

1. 비바람 세차고 눈보라 쌓여도
   님 향한 굳은 마음은 변할 길 없어라
   님 향한 굳은 마음은 변할 길 없어라

2. 어두운 밤길에 준령을 넘으며
   님 찾아 가는 이 길은 멀기만 하여라
   님 찾아 가는 이 길은 멀기만 하여라

3. 험난한 세파에 괴로움 많아도
   님 맞을 그날을 위하여 끝까지 가리라
   님 맞을 그날을 위하여 끝까지 가리라

전우 추모가

김학규(오광심 남편, 조선혁명군 참모장)

1. 언제나 우리 동지 돌아오려나
   애가 달아 기다린 지 해가 넘건만
   찬바람 눈보라 휘날리는 들
   눈물겨운 백골만 널려있구나

2.서산에 지는 해야 머물러다오

우리 동지 돌아 올 길 아득해진다
돌아보니 동지는 간 곳 없고
원수들의 발굽만 더욱 요란타

3. 아 생각 더욱 깊다 나의 동지야
   네 간곳이 어드메냐 나도 가리다
   보고 싶은 네 얼굴 살아 못 보니
   넋이라도 네 품에 안기려한다

만주사변 이후 일본의 막강해진 군사력을 피해 만주벌에서 악전고투하던 한국 독립군들은 활동 근거지를 점차 중국 관내로 이동해야만 했는데 연석회의 결과 상해 임시정부의 김구와 김원봉의 협조를 구하기 위한 교섭차 김학규를 남경에 파견하기로 했다. 김학규는 1934년 5월 초 참모장직을 사임하고 남경으로 떠났는데 안동-청도-천진-북경을 거쳐 가는 길은 멀고도 험한 길이었다. 더욱이 초소마다 왜적의 검문소를 통과해야 하는 어려움이 따랐다. 따라서 오광심은 남편의 안전을 위해 동행하게 되는데 김학규는 농부로 변장하고 오광심은 남루한 농촌부인으로 꾸몄다. 머리는 평안도 식으로 틀어 올리고 흰 수건을 쓰고 보따리를 머리에 이는 차림 이었다. 당시 남경으로 피신해 있던 임시정부까지 찾아가는 험난한 과정을 오광심은 '님 찾아 가는 길' 이란 시로 남겼고 조선혁명군 참모장이었던 남편 김학규는 부하들을 아끼고 사랑하는 마음을 나타낸 '전우 추모가' 를 작사·작곡 했다.

이들 부부는 남경까지 200여 쪽의 보고서를 가지고 가던 참이었는데 왜경의 검문검색에 발각되지 않도록 오광심이 이 내용을 몽땅 암기해서 구두로 한자도 틀리지 않고 보고 했다는 이야기는 전설 같기만 하다.

　그러나 해방 후 오광심은 생활고를 견디다 못해 구걸을 해야 할 정도로 어려웠고 남편은 군사재판에 회부 되는 등 이들 부부의 광복 후의 삶은 철저히 파괴된 삶이었다. 젊은 날 조선혁명군으로 또한 한국광복군으로 대륙의 산하를 누비며 빛나는 활동을 하면서 조국광복을 위해 찬란한 청춘을 송두리째 바쳤던 이들의 열정에 대해 해방된 조국은 아무것도 보답하지 않았다고 박용옥 교수는 그의 저서 '한국독립운동의 역사 (31), 330쪽' 에서 아쉬워했다.

-《한국독립운동의 역사(31)》'여성운동', 박용옥 -

용인의 딸 열네 살 독립군

오희옥

류후공원 낡은 로프웨이에 매달려 산마루를 올랐다
저만치 발아래 류쩌우 시내가 육십 년대 사진첩 속
그림처럼 어리고
그 어딘가 열네 살 소녀의 씩씩한 군가가 들려올 듯하다

용인 느리재의 명포수 할아버지 의병장으로 나선 길
뒤이어
만주벌을 쩌렁쩌렁 호령하던 장군 아버지
그 아버지와 나란히 한 열혈 여자 광복군 어머니
그 어머니의 꽃다운 두 딸 희영 희옥 자매
광복진선 청년공작대원되어 항일연극 포스터 붙이러
어봉산 도락암 공원에도 자매는 다녀갔을까?

열네 살 해맑던 독립소녀 팔순 되어 사는 집
수원 대추골 열세 평 복지 아파트 찾아가던 날
웃자란 아파트 정원 은행나무 그늘에 앉아
낯선 나그네 반겨 맞이하던 팔순 애국지사

흑백 사진첩 속 서간도 황량한 땅 개척하며
독립의지 불사르던
오씨 집안 3대 만주벌 무용담 자랑도 하련만은

손사래 절레절레 치는 수줍은 여든여섯 광복군 소녀
그 누구 있어 치열한 3대의 독립운동사를 책으로 쓸까
욕심 없이 아버지 유품을 내보이며 들꽃처럼 미소 짓던
해맑은 영혼 그 눈동자에 비치던 우수 어린 한 점 이슬

아직도 광복의 영광 새기지 않는 조국
전설 같은 독립의 이야기 찬란히 다시 꽃피울 때
꿈 많던 용인의 열네 살 광복군 소녀의
서간도 이야기 만천하에 들꽃처럼 피어나리라.

*류후공원: 중국 광서성 유주(류쩌우)에 있는 공원으로 광복진선천년공작대
가 활약한 곳이다. 글쓴이는 이곳을 2011년 1월 다녀왔다.

▲ 수유리 애국지사 묘역에서'한국광복군 무후선열 추모제전'에 참석한 오희옥 애국
지사와 함께 (2011.5.27)

오희옥(吳姬玉, 1926. 5. 7 ~)

경기도 용인 출신으로 독립운동가 오광선(吳光鮮)의 둘째 딸이다. 아버지는 처음에 성묵(性默)이란 이름을 썼으나 조선의 광복을 바라는 뜻에서 광선(光鮮)으로 바꿀 정도로 애국심이 강한 사람이었다. 1939년 4월 열네 살 나이로 중국 유주(柳州)에서 한국광복진선청년공작대(韓國光復陣線靑年工作隊)에 입대하여 일본군의 정보수집, 일본군 중 한국인 사병에 대한 초모와 연극·무용 등을 통한 대원의 위안사업에 종사하면서 1941년 1월 1일 광복군 제5지대(第5支隊)로 편입되었고 1944년까지 한국독립당 당원으로 활동하였다. 오희옥 애국지사의 집안은 할아버지부터 부모님과 언니 내외 등 일가족 3대가 독립운동에 혁혁한 공을 세운 집안이다.

정부에서는 오희옥 애국지사의 공훈을 기리어 1990년에 건국훈장 애족장을 수여하였다.

▲ 열심히 당시를 설명하는 오희옥 애국지사와 함께

"보훈의 달을 맞아 생존 독립운동가 오희옥 애국지사를 만나러 수원의 보훈복지타운 아파트에 간 것은 2011년 5월 30일이었습니다. 그 며칠 전 수유리 애국지사 묘역에서 있었던 후손 없는 광복군 추모회에서 뵈었던 덕에 아파트 현관문에 나와 서서 글쓴이를 반갑게 맞아주는 올해 86살의 오 애국지사는 광복군 출신답게 정정했습니다. 열세 평 아파트 안방에는 훈장이 자랑스럽게 걸려있고 부군이 돌아가신 후 혼자 깔끔하게 해놓고 사시는 모습이 광복군 부대의 내무반을 보는 듯했습니다.

윤봉길 의사의 상해 홍구공원 거사 후 일제의 압박으로 대한민국 임시정부는 중경에 도착할 때까지 27년의 유랑길에 오르는데 이때 장사(長沙)로 가는 길에 트럭과 목선을 타고 한 달간 양자강을 힘겹게 거슬러 올라간 이야기며 유주에서 언니 오희영과 한국진선청년공작대에 가입하여 활동하던 이야기, 중경 가까운 토교에서 청화중학교를 다닌 이야기 등은 현지를 답사한 적이 있는 글쓴이에게는 더욱 실감 나게 들렸습니다. 교통이 좋은 오늘날도 광활한 중국 대륙을 이동하기란 쉽지 않은 터에 100여 명이나 되는 임시정부 가족들이 이리 쫓기고 저리 쫓기며 피난 생활을 한 이야기를 듣고 있자니 가슴이 뭉클했습니다.

오 애국지사와 이야기를 나누다 놀란 것은 이 집안이 대단한 독립군 집안이었다는 사실이었습니다. '1905년 을사늑약' 이후 국권회복의 일념을 품고 의병항쟁 활동을 한 할아버지 오인수 의병장, 서로군정서(西路軍政署) 별동대장과 경비대장으로 활동한 아버지 오광선 장군, 그리고 한국혁명여성동맹을 결성하여 맹활동을 한 어머니 정현숙(다른 이름, 정정산)은 물론 한국광복군 총사령부 광복군 참령(參領)으로 복무한 형부 신송식에 이어 오 애국지사의 언니 오희영은 한국광복진선청년공작대, 한국광복군 제3지대 대원 등으로 활동하였다는 사실이었습니다. 특히 어머니, 언니, 오 애국지사에 이르는 여성들도 당당한 광복군이었다는 사실이 놀랍습니다.

 오 애국지사는 광복 후 1954년 용인 원삼국민학교에서 교편을 잡은 이래 1991년 서울 홍제동 고은국민학교에서 정년퇴임 한 사람답게 중국에서의 독립운동 이야기를 정확히 기억하고 계셨습니다. 안타깝게도 3대에 걸친 독립운동사 한 권쯤은 벌써 나왔어야 할 텐데 제대로 조명된 일가족의 독립운동사 하나 없이 낡은 상자 속 흑백 사진만이 그때를 말해주고 있어 가슴이 아팠습니다. 아직은 수원의 보훈 아파트에서 수유리 애국지사 묘역까지 혼자 찾아다닐 만큼 정정하신 오 애국지사는 찾아온 사람이 반갑고 그립다는 듯 대담을 마치고 글쓴이가 보훈아파트를 다 빠져나올 때까지 입구에 서서 손을 흔들어주셨습니다. 조국의 독립을 위해 모진 세월을 견뎌내신 애국지사의 무병장수를 새삼 빕니다. 오래오래 건강하소서! ”

날마다 쓰는 한국문화 편지〈김영조의 얼레빗으로 빗는 하루〉
http://www.koya.kr (2011. 6. 8)

안사람 영혼 일깨운 춘천의 여자 의병대장

윤희순

관천리 임 뵈러 가는 하늘 푸르고
노오란 오월 애기똥풀 반기는 무덤

잔잔한 홍천강 물살 가르는 모터보트 저 친구들
여기 이 언덕
구국의 일념으로 온몸 바친
여장부 영면을 방해치마라

바람 앞에 흔들리는 조국
안사람들이여 일어나라
며느리들이여 총을 메라
가서 아들을 돕고 남편의 뒤를 따르라

가정리 여우내골 여자 의병 삼십여 명 키운 힘
중국 땅 환인현 노학당 학교 세워
쟁쟁한 독립군 키워낸 열혈투사

춘천 의병장 시아버지 유홍석
항일투사 선봉장 남편 유제원
열혈 독립군 아들 유돈상
팔도창의대장 시댁 어르신 유인석...

유씨 문중 일심동체로 독립에 혁혁한 공
돌비석 하나로는 다 기리지 못해

무순의 독립 청년단원 이끌다 잡혀
일제의 모진 고문 끝에 죽은 아들 부여잡고
노을진 봉천성 해성현서 의병장 윤희순 숨 거두던 날
잿빛 하늘에서 퍼붓던 비 애달픈 투사의 눈물이었네.

▲ 멀리 홍천강이 굽어 보이는 춘천 관천리 윤희순 애국지사 무덤 앞에서

윤희순(尹熙順, 1860 ~ 1935. 8. 1)

서울에서 태어난 윤희순 의병장은 을미의병부터 후기 정미의병 때까지 직간접적으로 의병운동에 참여했던 우리나라 최초의 여성의병장이다. 윤희순은 8편의 의병가를 손수 지어 여성과 청년들에게 나라사랑 정신을 일깨워주었으며, 4편의 경고문을 지어 의병과 싸우던 관군, 의병을 밀고했던 밀고자들과 일본군을 꾸짖었다. 일가가 모두 중국으로 망명한 후에는 조선독립단 활동, 항일인재양성을 위한 교육운동에 전력을 다했던 항일독립투사 가족의 안주인이었다.

윤희순은 16살 때 고흥 유씨 집안의 유제원과 결혼하여 유씨 문중이 있는 강원도 춘천 남면 발산리에서 살았다. 남편 유제원은 춘천 의병장 유홍석의 장남이며, 팔도창의대장 유인석의 조카이고 화서학파 제2대 종주인 성제 유중교의 종손이다.

시아버지 유홍석과 친정아버지 윤익상은 화서 이항로의 문하에서 수학한 사이로 두 집안은 사돈지간이 되었으며 1895년 을미사변이 일어나자, 이들 위정척사계열의 유생들은 친일내각 타도와 일본세력을 축출하고자 힘을 모으기 시작했다. 이에 1895년 시아버지 의병장 유홍석이 의병을 일으켰다. 시아버지의 거병을 지켜보면서 윤희순은 의병에게 용기를 북돋아줄 노래를 만든다.

"나라없이 살수없네 나라살려 살아보세
임금없이 살수없네 임금살려 살아보세
조상없이 살수없네 조상살려 살아보세
살수없다 한탄말고 전진하여 왜놈 잡아
임금앞에 꿇어앉혀 우리임금 분을 푸세"

이런 가사로 된 "의병군가(義兵軍歌)"를 비롯하여 "안사람 의병가(義兵歌)", "병정가(兵丁歌)" 등을 작사·작곡하여 의병들의 항일독립정신을 고취시켰다. 1907~1908년 의병운동 때에는 강원도 춘성군 가정리 여우천 골짜기에서 여자의병 30여 명을 조직하였으며 군자금을 모아서 의병운동을 지원하였다. 가히 남성들도 넘보지 못할 기개였다.

그 뒤 1911년 시아버지와 남편이 중국으로 먼저 망명길에 오르자 윤희순은 51살 되던 해 아들 돈상, 민상, 교상 등과 함께 중국으로 건너가 이때부터 1935년까지 25년 동안 가족들과 함께 요동지구에서 종횡무진 항일운동을 전개하였다.

윤희순은 나라를 되찾으려면 항일 인재를 양성하는 것이 급선무라고 생각하여 이회영, 우병렬, 우병렬의 부인 채인산, 중국인 도원훈과 손홍령의 도움으로 환인현 보락보진 남괴마자에 동창학교 분교인 노학당을 세웠다. 이곳에 노학당을 설립한 것은 조선인이 비교적 많이 모여 살았고 항일활동의 근거지였기 때문이다. 학교운영자금은 선생과 학생들이 환인지역의 조선인, 중국인들에게서 모금한 것으로 충당하였다.

이러한 노력의 결과로 1915년까지 김경도, 박종수, 이정헌, 마덕창 등을 비롯한 50여 명의 항일운동가를 양성할 수 있었다. 시아버지 유홍석, 남편 유제원과 아들 유돈상에 이르는 독립군 집안의 윤희순은 여성의 몸으로 초기에는 의병활동을 하고 중국으로 망명한 이후는 독립운동을 돕다가 1935년에 봉천성 해성현 묘관둔에서 75살을 일기로 숨을 거뒀다.

윤희순이 죽은 때는 일제의 혹독한 고문을 받고 숨진 큰아들 유돈상이 숨진 지 11일 만이어서 주변 사람들의 슬픔은 더욱 컸다. 선생의 유해는 1994년 고국으로 봉환해 춘천시 남면 관천리 선영 양지바른 곳에 남편과 함께 합장하였다. 여성 의병장으로 당당한 삶을 산 윤희순의 고귀한 삶을 기리고자 춘천시립도서관에 동상이 서 있고 시집와서 35년 동안 살던 발산리에는 해주윤씨의적비, 묘소에는 애국선열윤희순애국지사사적비 등이 세워져 있다.

　정부에서는 고인의 공훈을 기리어 1990년에 건국훈장 애족장(1983년 대통령표창)을 추서하였다.

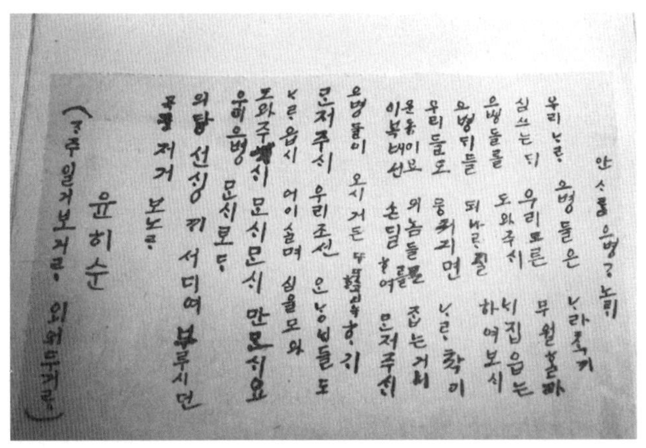

▲ 윤희순 의병대장이 손수 지은 〈안사람 의병노래〉 친필

이광춘

애비 놈들 남의 나라 삼키더니
그 자식들 통학하며
싸가지 없이
조선인 여학생 댕기를 잡아 당겼것다

아야야야 아야야야
그 광경보다 못해 조선 남학생들
왜놈 학생 멱살 잡고 한 대 날렸것다

아무렴 가만있을 수 없지

땅 뺏기고 말 뺏기고 자유 뺏기길 10년째
나주 광주 목포 서울 평양 학생들 분노 소리
땅을 가를 때

어린 학생 잡아다가 고문하던
왜놈 순사들
머리채 잡아끈 후쿠다(福田修三)는 놔두고
힘없는 나주의 딸 이광춘만
머리끄댕이 잡히고도 퇴학당했다지
제 자식 혼 안내고

남의 자식만 혼내는 것
조선에선 후레자식이라 하지

후레자식들!
후레자식들!

▲ 나주역에서 통학하던 조선인 여학생 머리채를 잡아당기는 일본인 남학생과
이를 응징하는 조선 남학생

이광춘(李光春, 1914. 9. 8 ~ 2010. 4. 12)

〈통학길의 조선 여학생 머리끄댕이를 잡아당긴 사건〉

"그때는 개찰구 쪽으로 먼저 나가는 쪽이 힘이 세다고 생각하여 한일 간에 서로 먼저 나가려고 했어요. 우리 한국학생들 수는 적었지만 더 야물었지요. 기차 속에서 즈그들 수가 더 많은 게 까불까불해도 한국학생들이 눈을 크게 뜨면 야코가 팩 죽어 말도 못하지라우."

이광춘 애국지사는 잡지 〈예향, 1984년 11월호, 당시 71살〉에서 그렇게 말했다. 1929년 10월 30일 오후 5시 30분. 통학열차에서 내려 개찰구를 빠져나가던 한국인 여학생의 댕기머리를 일본인 남학생이 잡아당기며 희롱했다. 이에 격분한 남학생들이 뛰어들어 한·일 사이에 난투극이 벌어졌다. 3·1만세운동, 6·10 만세운동과 함께 일본 강점기 때 3대 민족운동으로 꼽히는 광주학생운동은 이렇게 시작됐다. 이날 일본인 남학생에게 희롱당한 댕기머리 소녀들은 박기옥, 이광춘, 암성금자였는데 당시 이광춘 애국지사는 광주여고보(전남여고 전신) 5학년으로 '소녀회'의 핵심 구성원이었다.

그러는 가운데 11월 13일 시험 날을 맞았다. 11월 3일 사건으로 형무소에 구금된 급우들이 있어 이날 백지시험 동맹을 하기로 약속했으나 시험 당일 서로 눈치만 보는 급우들에게 이광춘 애국지사는 '어저께 헌 약속 어떻게 된 거냐? 친구들은 감옥에 있는디 우리만 시험을 볼 것이냐"라고 하면서 시험지를 놔두고 교실을 뛰쳐나오자 이에 동조한 친구들이 삽시간에 뛰쳐나오고 전교생이 이에 동조해 학교가 발칵 뒤집혔다.

　이를 계기로 나주역 댕기머리 사건은 거족적 학생운동으로
번졌는데 전국 194개 학교에서 5만 4,000여 명이 민족 차별과
식민지 노예교육 철폐를 요구했고 만주·중국·일본의 동포도 호
응했다. 이광춘 애국지사는 이 사건으로 퇴학 처리되었으며 당
시 고등계 형사들은 어린 학생들에게 가혹한 고문을 했다. 광
주학생운동의 마지막 증언자 이광춘 애국지사는 평생 5남 3녀
의 자녀들에게 일제의 민족차별에 맞서 불굴의 정신을 잃지 말
라고 가르쳤다고 술회했다. 나주의 댕기머리 소녀 이광춘 애국
지사는 2010년 4월 12일 96살을 일기로 숨을 거두었다.

　정부에서는 그의 공훈을 기리어 1996년에 건국포장을 수여
하였다.

이병희

경성감옥 담쟁이 서로 손잡고 올라가는 여름
요즘 아이들 밀랍인형 고문실에 멈춰서 재잘대지만
차디찬 시멘트 날바닥 거쳐 간 독립투사 그 얼마더냐

지금은 공부보다 나라 위해 일을 하라
아버지 말씀 따라 일본인 방적공장 들어가서
오백 명 종업원 일깨운 항일투쟁의 길
감옥을 안방처럼 드나들 때
고춧가루 코에 넣고
전기로 지져대어 살 태우던 천형(天刑)의 세월

잡혀서 죽는 한이 있더라도 너만 죽어라
동지를 팔아먹지 마라 결코 팔아먹지 마라
혼절 속에 들려오던 아버님 말씀 새기던 나날

광야의 육사도 그렇게 외롭게 죽어 갔으리
뼈 삭는 아픔 숯 검댕이 영혼 부여잡으면서도
그러나 결코 비굴치 않았으리라

먼데 불빛처럼 들려오는 첫 닭 우는 소리를
어찌 육사 혼자 들었으랴.

* 이병회 애국지사는 2012년 8월 2일 향년 95세로 세상을 뜨셨으며 국립대전현충원 애국지사묘역 4-546에서 영면에 드셨습니다.

*경성감옥: 1998년부터 '서대문형무소역사관'으로 꾸며 생생한 역사 현장으로 사용되고 있는 서대문형무소는 1908년 10월 21일 일제에 의해 '경성감옥'이라는 이름으로 문을 열었던 곳이다. 이곳은 1945년 해방까지 한국의 국권을 되찾으려고 싸운 의병, 계몽운동가, 독립운동가들이 수감되어 모진 고문을 당하던 곳이다.

▲ 요양원을 찾아 간 글쓴이에게 독립지사들의 삶을 잊지 말라고 당부하시는 이병희 애국지사

이병희(李丙禧, 1918. 1. 14 ~ 2012. 8. 2)

"어머님은 그런대로 이야기를 나눌 수 있지만 간혹 앞뒤가 안 맞을 때도 있을 겁니다." 자신이 모셔야 하는데 여의치가 않아 요양원에 계신 어머님이 안스러운듯 독립운동가 이병희 애국지사의 며느님은 상냥한 목소리로 어머님의 여러 근황을 알려주었고 약도 대로 요양원을 향하는 마음은 설렘과 동시에 건강상태 걱정이 앞섰습니다. 이 시대의 여성독립운동가 중 몇 안 되는 생존자이신 이병희 애국지사를 만나러 부평 갈산동에 있는 〈사랑마루요양원〉에 찾아가던 날은 막바지 장맛비가 쏟아져 우산을 써도 바짓가랑이가 젖을 만큼 퍼부어대던 날이었습니다.

'사랑은 마주 보며 이루어진다.'라는 예쁜 이름의 '사랑마루' 요양원 4층 창가 침대에서 글쓴이를 반갑게 맞이하는 이 애국지사는 바람이 불면 날아가 버릴 듯 몸이 많이 수척해 보였습니다. 그러나 정신만은 새벽녘 맑은 별처럼 또렷했습니다. 할머니는 글쓴이가 내민 명함의 작은 글씨를 한자도 틀리지 않고 또렷하게 읽어 내려가면서 '돋보기 없이 글을 읽는다.'라고 했습니다. 그리고 자신은 1918년생이며 올해로 95살이라는 것과 칠십여 년 전의 항일독립운동 이야기를 또랑또랑한 목소리로 말씀해주시는 모습이 마치 지리산 도인을 만난 듯했습니다.

이병희 애국지사의 할아버지 이원식 독립지사는 동창학교를 설립해 민족교육을 이끈 독립운동 1세대이며 아버지 이경식 애국지사는 1925년 9월 대구에서 조직된 비밀결사 암살단 단원으로 활약했습니다. 이러한 굳건한 민족의식을 이어받은 이 애국지사는 동덕여자보통학교를 졸업하고 열여섯 살이던 1933년

5월 경성에 있는 '종연방적(鍾淵紡績)'에 들어가 500여 명의 근로자를 모아 항일운동을 주도하다 잡혀 4년 반 동안 서대문형무소에서 옥고를 치르면서 모진 고문을 당하게 됩니다.

그 뒤 1940년 북경으로 건너가 의열단에 가입한 뒤에는 동지 박시목·박봉필 등에게 문서를 전달하는 연락책을 맡아 활동하던 중 1943년 국내에서 북경으로 건너온 이육사와 독립운동을 협의하다 그해 9월 일경에 잡혀 북경감옥에 구금되었고 이어 잠시 국내로 잠입하였던 이육사도 잡혀 함께 옥살이를 합니다. 그러나 이병희 애국지사가 1944년 1월 11일 석방된 뒤 며칠 만에 1월 16일 이육사는 옥중 순국을 하게 되고 유품과 사체 수습을 이병희 애국지사가 맡게 되지요.

"그날 형무소 간수로부터 육사가 죽었다고 연락이 왔어. 저녁 5시가 되어 달려갔더니 코에서 거품과 피가 나오는 거야. 아무래도 고문으로 죽은 것 같아"라고 말하면서 자신이 출옥할 때만 해도 멀쩡하던 사람이 죽었다는 것을 믿을 수 없다고 이 애국지사는 말합니다. 이 애국지사는 육사의 시신을 화장하여 가족에게 넘겨 줄 때까지 유골 단지를 품에 안고 다녔으며 혹시 일제가 훼손하지는 않을까 전전긍긍해서 심지어는 맞선을 보러 가는 날도 육사의 유골을 품에 안고 나갔다고 했습니다.

'광야' '청포도' 같은 육사의 주옥같은 시는 이병희 애국지사가 없었더라면 우리에게 알려지지 않았을 것입니다. 하지만, 이병희 애국지사는 지난 50여 년간 자신의 독립운동을 숨기고 살아야 했습니다. 이른바 '사회주의계열' 여성 독립운동가로 낙인찍혀 조국 광복에 혁혁한 공을 세우고도 그늘진 곳에서 숨죽이며 살아야 했던 것입니다. 1996년에 가서야 겨우 정부로부터 독립운동을 인정받아 건국훈장 애족장을 받게 되는데 이렇게 숨죽이며 살았던 여성 애국지사로는 이효정 애국지사도 있으며 이효정 애국지사는 이병희 애국지사의 친정 조카입니다.

 대담을 마치고 나오려는데 구순의 애국지사는 푸른 실핏줄이 선연한 앙상한 손으로 글쓴이의 손을 꼬옥 움켜쥐며 "너는 끝까지 나라를 지켜라. 깨끗이 살다가 죽거라"라고 하시던 아버지의 유언을 전하면서 "젊은이들이 독립운동정신을 잊지 않고 훌륭한 나라를 만들어 주었으면 한다."라는 당부의 말씀을 해주셨습니다. 요양원 벽면에는 할머니가 색칠한 예쁜 꽃 한 송이가 방긋이 웃고 있었습니다.

 이병희 애국지사의 요양원 방문은 민족문제연구소 운영위원회 이윤옥 부위원장과 함께 했으며 '얼레빗으로 빗는 하루'에 일본이야기를 쓰는 시인인 이 부위원장은 이병희 애국지사를 포함한 독립운동여성들을 다룬 시집 〈서간도에 들꽃 피다〉를 펴내고자 마무리 작업 중에 있습니다.

날마다 쓰는 한국문화 편지〈김영조의 얼레빗으로 빗는 하루〉
http://www.koya.kr (2011. 7. 19)

▲요양원 벽에 붙은 이병희 애국지사가 손수 색칠한 예쁜 꽃 그림

함께 투옥한 이병희 애국지사가 이육사 시신을 거두다

까마득한 날에
하늘이 처음 열리고
어데 닭이 우는 소리 들렸으랴

모든 산맥들이
바다를 연모해 휘달릴 때도
차마 이곳을 범하던 못 하였으리라

끊임없는 광음을
부지런한 계절이 피어선 지고
큰 강물이 비로소 길을 열었다

지금 눈 내리고
매화 향기 홀로 아득하니
내 여기 가난한 노래의 씨를 뿌려라

다시 천고의 뒤에
백마 타고 오는 초인이 있어
이 광야에서 목 놓아 부르게 하리라.

-이육사, 광야-

저항 시인으로 알려진 이육사 (李陸史, 1904. 4.4~ 1944. 1.
16)는 일제강점기 투철한 독립운동가로 40살의 짧은 생애 중

17차례나 옥고를 치르며 항일투쟁을 한 애국지사이다. 본명은 원록(源祿)으로 호 육사는 대구형무소 수감번호 264에서 따온 것이다.

1925년 형 원기(源琪), 동생 원유(源裕)와 함께 항일독립운동단체인 의열단에 가입했으며 1927년 조선은행 대구지점 폭파사건에 연루되어 대구형무소에 수감된 이후 10여 차례 투옥되었다. 1929년 출옥하자마자 중국으로 건너가 베이징대학 사회학과를 졸업하고 〈중외일보〉, 〈조광〉 등에 시를 발표하면서 항일정신과 민족의식을 고취시켰다.

일제강점기 많은 문학인이 변절하여 친일행위를 하고 반성하지 않는 것은 차치하고라도 훗날 문학인 행세를 하는 사람들이 시대상황을 두둔하며 "그때는 어쩔 수 없었다." 라는 궤변으로 일관하고 있는 현실과 맞닥트릴 때마다 나는 이육사의 삶을 예로 들어주고 싶다. 목숨을 내걸고 일제의 부당한 식민지정책에 반기를 든 이육사 같은 시인이 있었다는 것을 안다면 함부로 세 치 혀를 내두를 일이 아니다. 그것도 거짓 문학인들의 궤변에 이육사의 삶이 경종이 되지 못함이 못내 서운하다.

일제의 여공 착취에 항거한 오뚜기

이효정

나라가 없는 판에 시험이 다 무엇이냐
백지동맹 앞장서던 겁 없는 열여섯 처녀
광주학생 만세 함성 듣고
피 끓어 떨치고 일어선 종로거리 만세운동

경성 트로이카 열혈 청년 이재유 도와
노동자 권리 찾다 고등계형사에 잡혀
갖은 고초 당했어도 의연한 자세
죽음을 불사한 민족차별 철폐 운동 후회는 없어

폐병 견뎌가며 쟁취한 해방 된 이 땅에서
안락을 구걸한 적 없다마는
사회주의 남편 빨갱이로 몰려 숨죽여 살던 삶

어린 삼남매 부여잡고
떠돌던 시절을 더는 묻지 말라

영혼 떠나버린 빈 껍질 홀로 추슬러
마산 딸네 집 허름한 뜨락의
이름 없는 들꽃을 사랑하다
두 권 시집 남기고 홀연히 떠난 자리
오늘도 목백일홍 저 혼자 외롭게 피어있네.

*경성 트로이카: 1933년 서울에서 조직된 노동운동과 학생운동을 주도한 이현상, 이재유, 김삼룡을 주축으로 한 단체로 이효정, 이경선, 박진홍 등 여성들도 활동하였다. 경성 트로이카는 반제국주의 운동, 학생 운동, 노동조합 운동, 독서회, 농민 운동을 전개했던 항일 저항 단체였다.

▲ 여든을 넘긴 어느 날 마산의 문학인들과 나들이 간 개나리 핀 뜰에서
고운 자태의 이효정 애국지사 (박진수 제공)

이효정(李孝貞, 李春植, 1913. 7. 28 ~ 2010. 8. 14)

　1930년대 초 서울에서 노동운동을 전개하다 체포되어 옥고를 치렀다. 이효정은 동덕여자고등보통학교에 재학 중, 광주학생운동이 일어나자 친구들과 함께 운동장에 나가 만세를 부르다가 종로경찰서에 구속되었다. 또한, 3학년 때는 시험을 거부하는 백지동맹을 주도해 무기정학을 당했다. 졸업 후에는 노동운동에 참여하였는데 1933년 9월 21일, 종연방적[鐘紡] 경성제사공장에서 파업이 일어나자, 이효정은 이재유의 지도를 받아 여직공을 선동하여 총파업을 주도하였다.

　노동쟁의의 확대를 꾀해 공장 내 조직의 확대를 이루고, 이를 바탕으로 산업별 적색노동조합을 결성한다는 계획에 따라 파업을 선동하였던 것이다. 종방 파업 이후 1933년 10월 17일 청량리에서 동대문경찰서 고등계 형사에게 붙잡혀 고초를 겪었다. 1935년 11월, 이효정은 서울에서 이재유·권우성 등이 주도 조직한 '경성지방좌익노동조합 조직준비회'에 가담하여 동지 규합과 항일의식 고취에 주력하다가 경찰에 검거되어 약 13개월 동안 서대문형무소에서 옥고를 치렀다.

　해방 이후 한국전쟁이 발발하자 남편이 월북하고 2남 1녀와 함께 남한에 남은 이효정은 '빨갱이 가족'으로 낙인 찍혀 어렵게 생계를 꾸려갔다. 요시찰인물이 된 그는 수시로 사찰기관에 연행돼 고문과 취조를 당하게 된다. 영장 없이 끌려가기를 수십 차례 반복하고 고문으로 팔목이 부러지는 장애를 입으면서 억울한 옥살이도 감수해야 했다. 1980년대 '6·10 민주항쟁'으로 어느 정도 민주화가 이뤄지자 이효정에 대한 사찰도 수그러들기 시작한다. 그러나 가족이 겪은 말 못할 가슴의 한은 치유

되기 어려울 것이다. 이육사의 시신을 거둔 이병희 애국지사의
친정 집안 조카인 이효정 애국지사는 칠순이 넘어서 시 창작에
몰두하며 시름을 달랬는데 〈회상〉, 〈여든을 살면서〉라는 두
권의 시집을 남기고 97살의 생을 마감했다.

정부는 그의 공훈을 기려 2006년에 건국포장을 수여하였다.

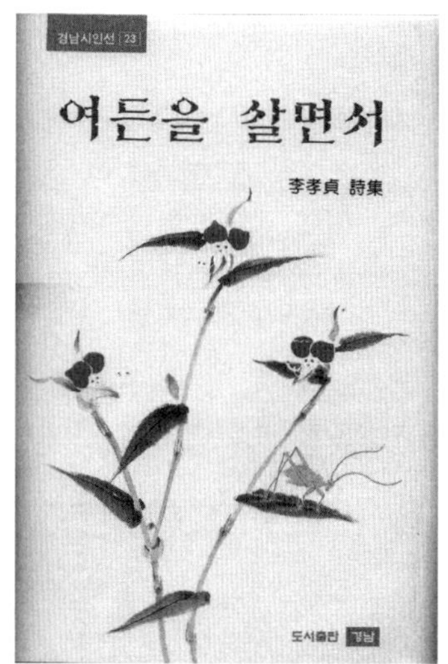

▲ 이효정 애국지사의 시집 〈여든을 살면서〉와 〈회상〉 "도서출판 경남"

〈더보기〉

나의 동산에서

이효정

양지바른 곳에 땅이 좀 있으면
조그만 동산을 만들고 싶다
빙 둘러 참꽃과 철쭉을 심고
한 가운데는 어머님의 노래비를
세우고 싶다
대문 밖 키 큰 은행나무를 베어
어머니 기리는 절절한 마음
노래로 그려 새겨 놓고
그 노래 읊조리는 고운 새들도 그려 놓고
작은 연못을 파서 사철 고기떼가 놀게 하고
동그란 파문에 감도는 어머님의
옛 이야기 꽃피우고 싶다

참꽃 필 무렵이면
파릇파릇 햇쑥이 돋고
철쭉나무 사이사이에
파아란 들나물로 자라나겠지
씀바귀 꽃다지 벌그두데기 냉이 달래랑
돌미나리 미역취 반도나물
어머니 즐기시던 햇나물 햇쑥
그 때는 어머니 만날 수 있겠지
그리도 즐기시던 쑥버무리 쑥절편

소담하게 담아 놓고
싸근한 들나물 무쳐 보리상반 밥에
달큰한 고추장 곁들여 비빈 밥
어머니와 도란도란 먹어 보고 싶다
 (후략)

-시집 '회상'에서-

"77세 할머니의 소녀 같은 감성이 빚은 정갈한 시정(詩情)!"이라고 이효정 애국지사의 첫 시집 '회상' 표지에 적혀 있는 글귀가 호기심을 자아낸다. 이효정 애국지사의 자료를 찾다가 '회상'과 '여든을 살면서'라는 시집을 남기고 돌아 가셨다는 정보를 얻고 부랴부랴 시집을 낸 출판사로 연락을 해보니 이효정 애국지사의 아드님 연락처를 가르쳐 준다. 곧 바로 가르쳐준 전화를 걸자마자 아드님 되시는 박진수 화백 님께서 인천에서 광화문 사무실로 한걸음에 달려 나오셨다. 굵은 장맛비에 바깥나들이가 귀찮을 법도 하건만 박 화백님 은 기쁜 얼굴로 두 시집을 합본한 "일흔에서 여든을 살면서" 를 살며시 책상 위에 꺼내 놓으신다.

 항일독립운동 하신 분에 대한 글을 쓰는 작업도 쉽지 않지 만 생전의 사진 한 장을 구하기는 더욱 어렵다. 일제강점기의 풍찬노숙 시절에 변변한 사진을 찍어 놓은 분이 몇 되지도 않 을뿐더러 설사 사진을 가지고 있더라도 후손들이 박 화백님 처럼 단걸음에 갖다 주시는 분은 없다. 6하 원칙을 물으며 사 진의 용도를 묻는 후손이 대부분이다. 그래도 미심쩍어 선뜻 사진 한 장 주기를 꺼리는 모습을 보면서 누군가 못된 사람 이 후손을 서글프게 했나 싶어 가슴이 아프다.

 "(전략) 달 포 째 병시중에 지친 모습 / 아니 삶에 부대긴

인생의 모습 / 통증으로 추스르기 힘든 나를 업고 / 병원 층계를 오르내리던 가쁜 숨결 / 날카로운 비수로 깊숙이 가슴 밑을 도려낸다 / 아직도 펄펄한 청년인줄 알았는데”

　두 번째 시집 ‘여든을 살면서’ 에 아드님을 묘사한 듯한 “아직도 청년인줄 알았는데” 속에 비친 아드님의 효성이 수채화 같다. 병환 중의 어머니를 업고 뛰어다닌 것처럼 어머님의 시집을 필요로 한다는 사람의 전화 한 통만을 받고 “낯선 손님을 두려워하거나 경계하지 않고” 시집을 들고 빗속을 뛰어나오신 칠순의 아드님 박진수 화백 모습은 이미 어머니 이효정 애국지사에게 있던 모습이다. 그 기록은 소설가 안재성 씨의 글에서 엿볼 수 있다.

　1930년대 경성에서 일제의 착취에 저항하며 궁극적인 독립을 꿈꾸던 사람들의 이야기를 그린 《경성 트로이카》를 쓴 작가 안재성 씨는 이효정 할머니를 직접 만나본 느낌을 다음과 같이 그리고 있다. “상대방의 영혼을 꿰뚫어 보듯 지그시 바라보는 시선 속에 사려 깊음과 총명함이 서려 있음을 깨닫게 되었다. 젊은 시절에 목숨을 내걸고 민족해방운동에 뛰어듦으로써 완전한 순결을 얻은 그녀의 영혼은 해방과 전쟁의 혼란 그리고 이후의 빈곤과 치욕에도 결코 더럽혀지지 않았다. 낯선 손님을 두려워하거나 경계하지 않고 지나치게 환대하거나 호들갑을 떨지도 않고 똑바로 마주보며 부드러이 웃어 줄 수 있는 기품 속에서 수십 년 동안 화제대상으로 올리는 것조차 금지 되었던 사회주의자들에 대해 거리낌 없는 이야기를 해주는 용기 속에서 한 세기를 살아 온 완성된 영혼을 느낄 수 있었다. ”

- 《경성트로이카:1930년대 경성거리를 누비던 그들이 되살아온다》 안재성,
사회평론사, 2004 -

열여섯 조선의용대 처녀 독립군

전월순

여산 안개 젖히고
대륙의 젖줄 장강 따라 흘러든 곳
계림 동령가 칠성공원 푸르른 숲 속엔
이름 모를 새들이 지저귀지만
칠십여 년 전 이곳은
항일기치 높이 들고 분연히 일어난 조선의용대
피 끓는 동포들 모여들던 곳

열여섯 꽃다운 처녀 독립군 되어
시퍼런 일본군 정보 캐러 다니며 넘나들던
계림의 구중 계곡 골짜기
휘몰아치던 중원의 흙바람 먼지 일며
조여 오던 일본군 총칼 앞에 결코 굽히지 않아

'우리는 한국 독립군 조국을 찾는 용사로다
나가! 나가! 압록강 건너 백두산 넘어가자'
힘찬 압록강 행진곡 목 터져라 부르며
다잡은 광복의 투지 그 선봉장 되신 이여

왜놈들 두려워 벌벌 떨던 의열단 청년 만나 맺은 가약
혼수도 신혼 꿈도 모두 바쳐 되찾은 조국 땅에서

장가계 원가계 계림의 산수구경 가는 사람들아
뾰족뾰족 솟은 기암괴석 올려다볼 때
골짜기 굽이마다 광복군 심은 얼 잊지 마시게.

*조선의용대(朝鮮義勇隊): 조선항일의용군(朝鮮抗日義勇軍) 혹은 국제여단
  (國際旅團) 이라고도 불렸으며 대장 김원봉과 조선민족혁명당의 주도로
  1938년 10월 10일 중국 한커우(漢口)에서 결성된 독립군이다. 중국의 2차
  국공합작으로 국민당정부의 통일된 후원세력을 얻은 조선의용대는 국민당
  정부군의 지원부대로 창설되어 중국 본토에서 일본군과 대항하여 싸웠다.

▲ 사랑스런 손자와 즐거운 한 때를 보내던 전월순 애국지사 (김원웅 제공)

전월순(全月順, 全月善, 1923. 2. 6 ~ 2009. 5. 25)

경북 상주(尙州) 사람으로 1939년 9월 중국 귀주성(貴州省) 계림(桂林)에서 조선의용대(朝鮮義勇隊)에 입대하여 일본군에 대한 정보수집과 병사초모 등의 공작활동을 전개하다가 1942년 4월 20일 개최된 대한민국임시정부 제28차 국무회의의 결의에 따라 광복군으로 편입되었다. 그 뒤 1942년 4월 20일부터 1945년 8월 14일에 이르는 기간에 광복군 제1지대(第一支隊) 대원으로 활동하다가 8·15광복을 맞이하였다. 한편, 백범 김구의 소개로 광복군인 김근수(金根洙, 金石, 王碩)와 결혼하여 부부가 함께 항일운동을 전개하였으며 남편은 한국광복군 제1지대에 입대하여 산서, 화북지구에서 지하공작을 하였다. 정부에서는 전월순 애국지사의 공훈을 기리어 1990년에 건국훈장 애족장을 수여하였다.

부부독립지사인 전월순·김근수의 큰아들인 김원웅(金元雄)씨는 제14·16·17대 국회의원을 지낸 3선 의원이며, "조선왕실의궤 환수위원장" 으로 약탈된 문화재 환수를 위해 힘썼다. 특히 친일파 청산에 앞장서서 부모님의 애국독립 정신을 실천한 보기 드문 전력의 국회의원으로 알려졌다.

부부 독립지사 전월순·김근수

  전월순 애국지사의 남편 김근수(金根洙, 1912. 9.27~1992. 1.30) 애국지사는 1935년 중국 남경에서 조선의열단에 입단한 뒤 화북지역 연락책을 맡았고, 1939년 조선의용대 선전공작부장으로 낙양방송국을 통해 국내 동포들에게 독립의식을 고취하는 등 8·15해방 전까지 항일독립운동을 했다. 정부에서는 김근수 애국지사의 공훈을 기리어 1990년에 건국훈장 애국장 (1977년 건국포장)을 수여하였다. 당시 김근수 지사가 속했던 조선의열단은 어떠한 곳인가를 잠시 살펴보자.

  "속된 말로 일제군경은 의열단이라는 말만 들어도 오줌을 저릴 정도로 무서워했다. 오죽했으면 사기꾼이 잡혀 와서 '나는 의열단원이다' 라고 하면 일본순사가 혼비백산하곤 했다. 의열단은 1920-30년대 수많은 민족운동 단체 가운데 임시정부를 제외하고 활동기간이 가장 길었던 단체이다. 일제 식민지배를 전면 거부하면서 그 투쟁을 시기별로 독특한 운동노선과 행동모델을 구축하였다. 의열투쟁은 곧 테러투쟁으로 정규 군사조직을 갖추고 무력항쟁을 주도하였으며 민중의 총 봉기를 주도하였다. 의열단은 일제가 가장 두려워하던 독립운동 단체로 한국인들이 가장 통쾌하게 여긴 의열 투쟁 단체이다."

–《약산 김원봉 평전》 김삼웅, 시대의창, 2008 –

압록강 너머 군자금 나르던 임시정부 안주인

정정화

장강의 물은 그냥 흐르는 것이 아니다
지금 사람들
강물 위에 배 띄워 노래하지만
물의 근원을 캐는 사람은 없다

혈혈단신 여자의 몸
압록강 너머 빼앗긴 조국 땅 오가며
군자금 나르던 가냘픈 새댁
그가 흘린 눈물 장강을 채우고 넘친다

돌부리에 채이면서
몇 번인가 죽을 고비 맞으며
수십 성상 국경 넘나든 세월
거친 주름 되어 골마다 패어있다

바닥난 뒤주 긁어
배고픈 독립투사 다독이며
가난한 임시정부 살림 살던 나날
훈장 타려 했었겠나

빛도 없이
이름도 없이 뛰어온 구국의 일념
압록의 푸른 물 너는 기억하겠지.

▲ 지금은 헐리어 재개발 중인 치장의 타만강변에서, 이곳 언저리에 임시정부청사가 있었고 숱한 임시정부 식구들이 드나들었을 것이다. (2011.1.10)

정정화(鄭靖和, 1900. 8. 3 ~ 1991. 11. 2)

"26년이라는 전혀 짧지 않은 세월 동안 나는 임시정부와 같이 살았다. 백범의 말대로 거지나 다름없는 상해 시절 어느 때는 이동녕, 차리석, 이시영 같은 분들과 시장 뒷골목에서 동전한 닢짜리 중국 국수 찌꺼기를 달게 사먹기도 했고 등 뒤로 왜놈의 기관총 쏘는 소리를 들으며 임정의 피난 짐보퉁이를 싸기도 했다. 이동녕 선생의 마지막 가시는 길을 지켜볼 때나 백범 부인 최준례 애국지사의 식어가는 손을 보듬어 쥐었을 때는 마치 암담한 조국의 꺼져 가는 숨결이 내게 와 닿는 듯했고 하늘을 깨뜨릴 것 같은 드높은 사기로 무장된 청년 광복군들이 이국의 하늘 밑에 나부끼는 태극기를 앞세우고 행진하는 모습을 바라볼 때는 당장 내일이라도 독립된 조국을 품에 안을 듯싶었다." 자서전 '장강일기'에서 정정화 애국지사는 그렇게 임시정부의 어려웠던 시절을 회상했다.

충남 연기(燕岐) 출신으로 시아버지인 대동단(大同團) 총재 김가진(金嘉鎭)을 따라 1919년 3·1독립운동 직후 상해로 건너간 정정화는 1930년까지 임시정부의 재정 지원을 위하여 6회에 걸쳐서 국내를 왕복하면서 거액의 독립운동자금을 모집하여 왜경의 감시가 심한 압록강을 넘나들며 임시정부에 전달하는 임무를 훌륭히 해내었다.

지금으로 치면 코흘리개 소녀인 11살짜리 어린 신부 정정화는 개화파 집안의 며느리가 되면서부터 세상물정에 눈을 떠갔다. 그의 시아버지 동농 김가진은 명문가 안동 김씨 출신이나 서출로 어려움을 겪다가 서출 출신으로는 조선왕조 오백 년 사상 처음으로 종일품의 직위까지 오른 입지전적인 인물이다. 서

예가 출중하여 '독립문'과 안동의 '봉정사' 등 전국의 이름 있는 편액 상당수가 시아버지 김가진의 글씨이다. 동갑내기 남편 김의한은 3·1만세운동 후 국내에서 국권회복운동이 여의치 않자 시아버지와 상해로 망명하고 말았는데 정정화는 며칠이 지나도록 그 사실을 모르고 있다가 국내 신문을 보고서야 망명 사실을 알았다. 그만큼 국내사정이 급박하게 돌아가던 시절이었다.

1932년에는 윤봉길의 상해 홍구공원 의거 후, 일제의 감시를 피해 임시정부가 절강성(浙江省) 가흥(嘉興)으로 이동함에 따라 이동녕, 김구, 엄항섭 등과 함께 이동하면서 임시정부 안살림을 도맡았다. 1934년에는 한국국민당에 입당하여 활동하였으며, 1940년에는 한국독립당의 창당요원, 한국혁명여성동맹, 대한애국부인회 훈련부장 등 독립운동의 길이라면 안살림이든 바깥일이든 가리지 않고 뛰어들었다.

정부는 그의 공적을 인정하여 1990년에 건국훈장 애족장을 수여하였다.

〈더보기〉

독립운동의 파란만장한 일대기를 담담하게 그린
'장강일기'의 주인공

아직껏 고생 남아 옥에 갇힌 몸 되니
늙은 몸 쇠약하여 목숨 겨우 붙었구나
혁명위해 살아온 반평생 길인데
오늘날 이 굴욕이 과연 그 보답인가
국토는 두 쪽 나고 사상은 갈렸으니
옥과 돌이 서로 섞여 제가 옳다 나서는구나
철창과 마룻바닥 햇빛 한 점 없는데
음산한 공기 스며들어 악취를 뿜는구나

-정정화 '옥중소감' 중 -

　꿈에도 그리던 조국의 해방을 위해 뛰다 돌아온 독립운동가. 그러나 이들을 맞이한 것은 동족상잔의 비극 한국전쟁이었다. 쉰 살 되던 해인 1950년 9월 남편이 납북되면서 난데없는 '요시찰 인물'로 찍혀 감옥에 갇힌 정정화 애국지사는 서러운 조국의 냉대에 몸부림쳐야 했다. 살신성인으로 쟁취한 조국의 사정은 말이 아니었고 당장 끼니를 잊지 못하는 날이 이어지자 정정화 애국지사는 생계를 위해 보따리장수로 나섰다. 이것저것 일자리를 구해보지만 여의치 않자 보따리에 헌 옷을 주워 모아 머리에 이고 팔러 나간 것이었다. 그러나 장사소질이 없던 그는 시장 바닥을 누비고 다녔지만 신통치 않아 갖은 어려움을 겪게 된다.

　'어머니는 원대한 이상을 가진 바도 없고 큰 포부를 지닌

것도 아니었다. 의식 있는 사람이라면 누구나가 다 갈망하는 독립을 바랐을 뿐이며 그저 묵묵히 자신의 일을 성실히 해냈을 뿐이다.' 평생 올곧은 삶을 살다 가신 어머니를 회상하는 대한민국임시정부기념사업회 김자동 회장은 '장강일기' 에서 어머니의 삶을 그렇게 말했다. 그리고 세상에서 가장 존경하는 분을 어머니로 꼽았다. 틈날 때마다 책을 손에 놓지 않던 정 애국지사의 독서는 변절자와 매국노가 판치는 세상에서 자기 철학을 갖고 흔들림 없이 꼿꼿하게 살 수 있었던 바탕이 되었을 것이다.

《장강일기, 학민사, 1998》는 정정화 애국지사가 대한협회장을 지낸 시아버님 동농 김가진과 남편 김의한이 독립운동을 위해 떠난 중국으로 따라나서면서 겪은 파란만장한 일대기이다. 그것은 단순한 개인사가 아니라 대한민국임시정부의 안살림을 맡아 온 당찬 독립군의 기록이요 한편으로는 숱한 애국지사의 인간적인 면을 들여다 볼 수 있는 생생한 역사의 기록이다.

조마리아

아들아
옥중의 아들아
목숨이 경각인 아들아

칼이든 총이든 당당히 받아라

이 어미 밤새
네 수의 지으며
결코 울지 않았다

사나이 세상에 태어나
조국을 위해 싸우다 죽는 것
그보다 더한 영광 없을 지어니

비굴치 말고
당당히
왜놈 순사들 호령하며 생을 마감하라

하늘님 거기 계셔
내 아들 거두고
이 늙은 에미 뒤쫓는 날

빛 찾은 조국의
푸른 하늘
푸른 새 되어
다시 만나자

아들아
옥중의 아들아
목숨이 경각인 아들아

아!
나의 사랑하는 아들 중근아.

조마리아 (본명 조성녀, 모름 ~ 1927. 7. 15)

"어미는 현세에서 너와 재회하길 원하지 아니한다. 옳은 일을
하고 받은 형(刑)이니 결코 비겁하게 삶을 구하지 말고 떳떳하
게 죽는 것이 어미에 대한 효도이다."

아들 안중근에게 옥중 편지를 보내는 어미의 심정은 담담했
다. 아들의 죽음을 앞둔 어미의 심정이 어찌 흔들리지 않았으
랴! 그러나 조마리아 애국지사는 결코 흔들리는 모습을 보이지
않았다. 안중근은 그런 어머니의 꺾이지 않는 정신을 배웠던

것이다. 평소 백범 김구 어머니인 곽낙원 애국지사와 우애 좋게 지내던 조마리아 애국지사는 곽 애국지사가 김구에게 엄하게 대했던데 견주어 아들 안중근에게 자애로운 어머니로 알려졌다. 그러한 어머니가 자식의 마지막 가는 길에서는 매우 단호한 모습을 보였던 것이다.

안중근 어머니 조마리아 애국지사는 1907년 5월 평안남도 삼화항(三和港) 은금폐지부인회를 통해 국채보상의연금(國債報償義捐金)을 내고 1926년 7월 19일에 조직된 상해재류동포정부경제후원회(上海在留同胞政府經濟後援會) 위원을 역임하였다. 또한, 같은 해 9월 3일 대한민국임시정부 경제후원회 창립총회에서 안창호, 조상섭 등과 함께 정위원(正委員)으로 선출되어 활동함으로써 안중근의 어머니로서 뿐만 아니라 남자 못지않은 독립운동에 뛰어든 독립투사였다.

1909년 3월 26일 10시 4분 사형 집행 날 아들에게 입힐 하얀 명주 바지저고리를 만들어 여순감옥으로 손수 보냈던 어미의 타들어 가는 속내를 그 누가 알랴! 아들 처형 뒤에도 조마리아 애국지사는 중국 상해에서 임시정부의 뒷바라지를 하며 독립운동의 정신적 지주 역할을 했다.
"이등박문은 수많은 한인을 살해하였는데 안중근이가 이등박문 1인을 죽인 것이 무슨 죄요, 일본재판소가 각국 변호사를 불납(不納)한 것은 무지가 극함이다" 〈대한매일신보, 1910.3.2〉. 연일 신문들이 안중근의 죽음을 애도할 때 조마리아 애국지사는 슬픔을 삭이고 묵묵히 독립운동을 실천하다 삶을 마쳤다.

정부는 그의 공훈을 기려 2008년에 건국훈장 애족장을 추서하였다.

〈더보기〉

"안중근 의사라 부르지 마라. 안중근은 대한의용군사령 자격으로 이등박문을 처단했으니 안중근 장군이다."

안중근(1879.9.2~1910.3.26)은 황해도 해주 출신으로 아버지 진사 안태훈(泰勳, 泰勛)과 어머니 조마리아 사이의 3남 1녀 중 맏아들이며, 아내는 김아려(金亞麗)이다. 어려서는 응칠 (應七)로 불렸고 나라밖 생활 중에도 응칠이라는 이름을 많이 사용하였다.

1909년 10월 26일 이등박문을 태운 특별열차가 하얼빈에 도착, 코코프체프와 약 25분간의 열차회담을 마치고 차에서 내려 러시아 장교단을 사열하고 환영군중 쪽으로 발길을 옮기는 순간 안중근이 뛰어나가 권총을 발사, 이등박문에게 3발을 명중시켰다.

사건 이후 러시아 검찰관의 예비심문에서 '한국의용병 참모중장, 나이 31세' 라고 자신을 밝힌 다음 거사 동기를 '이등박문이 대한의 독립주권을 침탈한 원흉이며 동양평화의 교란자이므로 대한의용군사령의 자격으로 총살한 것이지 안중근 개인의 자격으로 사살한 것이 아니다.' 라고 밝혔다.

관동도독부지방법원 원장 마나베(眞鍋十藏)의 주심으로 여섯 차례의 재판을 받았는데 안중근은 그때마다 일반살인 피고로 취급하지 말고 전쟁포로로 취급하기를 주장하였다. 국내외에서 변호모금운동이 일어났고 변호를 지원하는 인사들이 여순(旅順)에 도착하였으나 허가되지 않았다. 심지어는 일본인 관선변호사 미즈노(水野吉太郎)와 가마타(鎌田政治)

의 변호조차 허가하지 않으려 하였다.

재판과정에서의 그의 태도와 정연하고 당당한 진술에 일본인 재판장과 검찰관들도 내심 탄복을 하지 않을 수 없었다. 관선변호인 미즈노는 검찰관에 대한 그의 답변 태도에 감복하여 "그 범죄의 동기는 오해에서 나왔다고 할지라도 이토를 죽이지 않으면 한국은 독립할 수 없다는 조국에 대한 뜨거운 열정에서 나온 것은 의심할 여지가 없다."고 변론하였다.

언도공판은 1910년 2월 14일 오전 10시 30분에 개정되었는데 재판장 마나베는 사형을 언도하였다. 죽음을 앞둔 며칠 전 정근(定根)·공근(恭根) 두 아우에게 "내가 죽거든 시체는 우리나라가 독립하기 전에는 반장(返葬)하지 말라.....독립의 소리가 천국에 들려오면 나는 마땅히 춤을 추며 만세를 부를 것이다." 라고 유언하였다.

안중근은 3월 26일 오전 10시 여순감옥 형장에서 서른한 살의 아까운 나이로 순국하였다. 그의 의거는 총칼을 앞세운 일제의 폭력적인 침략에 대한 살신의 항거였으며 애국심으로 응집된 행동이었다. 그의 의로운 죽음은 영원히 민족의 자존심이요, 불굴의 혼으로 기록될 것이다.

가슴에 육혈포, 탄환, 다이너마이트를 품고 뛴

조신성

일본 유학까지 마친 엘리트
일제에 아부하면 환영받았을 몸
박차고
스스로 가시밭길 내디딘 운명
폐교 위기 진명 여학교 맡아
머리에 돌이고 져 나르며 가꾼 억척 교장 선생님

여자도 배워야 산다
일본말을 배워야 원수를 갚는다
나라 있고 내가 있다
심은 민족혼

만주벌 관전현 맹산 독립단 키워
몸으로 육혈포, 탄환, 다이너마이트를 품고 뛰어든 항일

별조차 숨어 버린 살 에이는 서간도의 밤
살아 이름 구걸치 않고
죽어 이름을 남기리라 각오한 길

살쾡이처럼 서슬 퍼런 왜놈 순사도
두려워 떨던 대륙을 포효하던 암사자
조 신 성

이름 석 자를 두고
남아의 기상을 묻는 이 그 누구더냐.

*육혈포(六穴砲): 탄알을 재는 구멍이 여섯 개 있는 권총.

▲ 여성의 몸으로 손수 돌을 품에 안고 날라 학교 담장을 쌓았고 그런 투철한
정신으로 독립운동을 한 조신성 애국지사

조신성(趙信聖, 1873 ~ 1953. 5. 5)

　1934년 9월 20일 가을바람 잔잔하게 불던 날 구름 한 점 없는 평양 모란봉 앞 대동강변에서는 조신성의 회갑연이 열렸다. 회갑연 자리에는 만국기가 펄럭였고 많은 이들이 참석하여 축하해주었다. "선생은 선지자요, 신진자요, 선각자이십니다. 남이 모를 때 아셨고, 남이 누었을 때 선생은 이미 일어 나셨고 남이 앉았을 때 걸으셨고 남이 쉬었을 때 준비하셨던 분입니다. 먹는 것, 자는 것, 입는 것 모든 것을 철두철미하게 우리민족을 위하여 헌신하신 선생의 회갑을 축하드립니다" 이 자리에 참석한 축하객이 낭독한 축사는 조신성의 지나온 삶을 잘 말해준다.

　조신성은 평북 의주(義州) 사람으로 평양에서 진명여학교를 설립하고 교장을 맡아 민족교육에 전념하였으나 3·1독립운동에 연루되어 사임하였다. 1920년에 김봉규·방임주·안국정 등과 함께 평남 맹산(孟山)에서 대한독립청년단(大韓獨立靑年團)을 결성하였다. 이 단체는 단원이 수십 명에 달하였으며 맹산·영원·덕천 일대를 중심으로 독립사상 고취, 군자금 모집, 부일분자 응징, 관공서 파괴, 관공리 처단 등 직접투쟁을 펴나갔다. 그러던 중 1920년 11월 왜경에 잡혀 징역 2년 6월 형을 선고받고 옥고를 치렀다.

　그 후 1928년 1월 30일 박현숙·박승일 등과 함께 좌·우익 여성단체의 통일적 기관인 근우회(槿友會)의 평양지회를 조직하고 주도적으로 활동하였으며 동년 근우회 중앙집행위원, 1930년 중앙집행위원장으로 선출되어 이 단체를 이끌었다.

그러나 조신성의 초기는 불행했다. 어린 나이에 부모를 잃고 고모와 함께 살던 16살에 결혼하였지만 6년 만에 남편이 죽어 22살에 청상과부가 된다. 하지만, 과부에 대해 우호적으로 대하는 기독교에 입문하여 자신을 하나의 인격체를 가진 귀중한 존재로 여기게 되었으며 자신의 삶은 스스로 만들어가는 것이라는 것을 자각하게 된다. 이러한 자각은 자신이 겪고 있는 문제에 대해 깊은 인식을 하게 했으며, 나아가 민족과 여성의 문제를 생각하게 하는 하나의 계기가 되었다.

평양에 살던 조신성은 24살 되던 해에 서울로 와서 이화학당과 상동 소재 교원양성소를 졸업한 뒤 소학교에서 교편을 잡았다. 그 후 한국 최초의 조선부인회를 조직하여 활동하였으며 34살에는 일본 유학을 마치고 평양의 진명여학교 교장을 맡아 민족교육에 헌신하게 된다. 이후 만주로 망명길에 올라 만주에서의 독립운동이 시작되는 것이다. 1934년 〈신가정〉의 한 기자가 "직접 운동을 실행하시는 동안에 어떤 수단과 방법으로 일을 하셨습니까?"라고 질문하자 "가슴에다 육혈포, 탄환, 다이너마이트를 품고 시시로 변장을 해가며 깊은 산 속을 며칠씩 헤매고 생식을 해가면서 고생을 하고(…) 주막에서 순검에게 잡혀서는 격투하거나, 오도 가도 못하고 끼니를 굶어가며 산속에서 며칠씩 숨어 있었다."라고 대답한 것에서 조신성의 맹렬한 독립운동 모습을 엿볼 수 있다.

정부는 그의 공훈을 기리어 1991년에 건국훈장 애국장을 추서하였다.

　"강철부인이라 불리던 조신성은 도산 안창호 선생과 동암 차리석 선생과도 두터운 교분을 나누던 사이였다. 진명여학교 시절 조신성은 교장으로 취임하자마자 다이도오고오가 고오리마시다(대동강이 얼었습니다)라고 일본어를 가르쳤다. 그는 일본어를 가르칠 때마다 일본말을 잘 배워야 그놈의 나라 문명을 빼앗아 원수를 갚지 않겠느냐고 교탁을 채찍으로 두드렸다. 그의 복장은 검소하여 솜을 두르면 겨울옷이 되고 솜을 빼면 춘추복이 되는 회색 산동주 치마저고리를 부지런히 빨아 입었다. 그리고 날마다 저녁식사가 끝나면 바구니를 들고나가 돌을 주워 담아 머리로 이고 와 학교 담장을 쌓았다고 한다. 이렇듯 열성으로 생활한 그의 노력으로 진명여학교는 수많은 여성 인사들을 배출하는 명문학교로 자리잡을 수 있었다.

-《임시정부 버팀목 차리석 평전》 장석흥, 역사공간, 146쪽-

지복영

밤보다 더 어두운 중경의 땅
방공호 드나들며 일본군 공습 피하던 그날
퍼붓는 포탄에 창자 터져 죽은 중국인 여자
핏덩이 아기만 살아 어미의 젖가슴을 파고든다

눈앞에 펼쳐진 포화 속 비극을 보며
석박사 보장된 길 내 던지고
마구간 새우 잠자며 따라나선 광복군의 길
서안의 최전선으로 떠나는 딸 어깨 다독이며
한국의 잔다르크 되라고 용기 주시던 아버지

나라 사랑하는 사람 많은 듯해도
포탄이 비처럼 퍼붓는 전선으로 갈자 많지 않아
낯선 풍토 견뎌내다 병든 몸
후송된 후방에서 쉴 수만 없어

눈물을 가다듬고 곧 다가올 새벽을 기다리며
총대 메던 손 다시 펜을 고쳐 잡고
오천 년 사직을 노래하며
잠든 겨레 혼 일깨운 이여!

▲ 일본군 폭격에 창자 터진 중국여자와 천진난만한 아기를 보며
독립군이 되기로 결심한 지복영 애국지사

지복영(池復榮, 李復榮, 1920. 4. 11 ~ 2007. 4. 18)

"중경에서 일이었어요. 비행기가 밤새도록 폭격을 해대는데 몇 번이고 방공호를 드나들었지요. 그러다가 나중에는 하도 지겨워서 죽어도 그냥 여기서 죽는다고 방공호에 안 가고 누워있는데 청사를 지키던 분이 빨리 피하라고 해서 얼결에 피하자마자 임시정부 숙소 가까이에 폭격을 가해 화약냄새가 진동하는 거예요. 자세히 보니 중국여자가 아기를 안고 폭격을 맞아 죽었는데 창자가 삐져나오고 다리도 잘라지고…. 그런데 아기는 살아서 엄마 가슴을 기어오르는 거예요. 얼마나 처참한지 일주일을 잠도 못자고 먹지도 못했어요. 나중에는 학업도 포기해야겠다고 생각했어요. 배워서 학사 박사가 된들 뭣하겠느냐. 이 전쟁을 하루라도 빨리 끝나게 하는 것이 급한 일이라는 생각이 들은 거죠"

-3·1여성, 지복영선생 인터뷰, 박용옥, 189쪽-

　지복영 애국지사는 중일전쟁의 처참함을 몸소 겪고 아버지 지청천 장군에게 "저라도 필요하면 써주십시오."라는 말을 건네었는데 아버지는 이에 "잘 생각했다. 조국 독립하는 데 남자 여자 가리겠느냐 한국의 잔다르크가 되거라"라고 화답했다.

　지복영 애국지사는 서울 종로(鍾路) 출신으로 지청천(池靑天) 장군의 둘째딸로 태어나 일찍이 아버지를 따라 중국으로 건너가 수학하였다. 1938년에 광서성 유주에서 한국광복진선청년공작대 대원으로 활동하였으며 1940년 9월 17일 광복군이 창설됨에 따라 오광심, 김정숙, 조순옥 등과 함께 여군으로 광복군에 입대하여 11월에 광복군 총사령부가 중경에서 서안으로 적진 깊숙이 이동할 때 함께 따라나섰다. 그러나 이때 어머니가 걱정할까 봐 비밀로 하고 떠났다가 훗날 병이 나서 후방으로 돌아왔을 때 "죽으러 간다더니 죽지 않고 왜 돌아왔느냐?"라는 섭섭한 마음을 토로했다고 전해진다.

　병 치료로 몸이 어느 정도 회복되자 한국광복군 총사령부 정훈처에서 일을 보면서 군 기관지 『광복』 간행에 참여하였으며 1942년 4월부터 43년 5월까지 안휘성 부양에서 한국광복군 초모위원회 제6분처 요원으로 활동하였다. 그 뒤 1943년부터 45년까지 한국 임시 정부 선전부 선전과, 자료과, 외무부 총무과, 외사과, 한국광복군 총사령부 비서실 비서(대적 방송 담당) 등으로 복무하다가 해방이 되고 난 1946년 5월에 귀국하였다. 귀국 후 서울대학교 도서관 사서, 부산 화교중고등학교 교사를 지냈다. 저서로 ≪역사의 수레를 끌고 밀며≫가 있다.

　정부는 그의 공훈을 기리기 위하여 1990년에 건국훈장 애국장을 수여하였다.

아버지 지청천장군이 이청천으로 바뀐 사연

"지난날 을지장군이 수· 당의 군대를 대파 하였음이어
어느 곳에 그 뜻이 스며 있는고
이제 왜적을 멸하고자 결심 굳히니
푸른 하늘이 압록강물에 비추었도다"

이는 백산 지청천(池靑天, 1888~1957)장군이 지은 시다. 일본군 현역군인의 몸으로 탈출하였으니 잡히면 갈데없는 총살이었다. 죽는 것은 두렵지 않으나 뜻한 바를 이루지 못하고 죽는 것은 너무 헛된 것이니 잡히지 않기 위해서라도 이름을 고쳐야겠다고 생각했다. 그때 마침 푸른 하늘을 보고 하늘의 대공지정(大公至正), 공평무사(公平無私)함을 생각하고 이름을 청천(靑天)으로 고치기로 하였다. 성도 지씨(池氏)는 흔치 않아 남의 눈에 띄기 쉬우므로 모성(母性)을 따라 이씨로 고치기로 하였다. 그리고 죽는 날까지 이 마음 변치 않고 조국과 민족을 위하여 모든 것을 바치기로 다시금 하늘을 향해 맹세하였다.

- 《역사의 수레를 끌고 밀며》 지복영, 문학과지성사, 1995, 40쪽-

〈이달의 독립운동가〉
1992년 1월 1일부터 ~ 2014년 2월까지

연도	1월	2월	3월	4월	5월	6월	7월	8월	9월	10월	11월	12월
1992년	김상옥	편강렬	손병희	윤봉길	이상룡	지청천	이상재	서 일	신규식	이봉창	이회영	나석주
1993년	최익현	조만식	황병길	노백린	조명하	윤세주	나 철	**남자현**	이인영	이장녕	정인보	오동진
1994년	이원록	임병찬	한용운	양기탁	신팔균	백정기	이 준	양세봉	안 무	조성환	김학규	남궁억
1995년	김지섭	최팔용	이종일	민필호	이진무	장진홍	전수용	김 구	차이석	이강년	이진룡	조병세
1996년	송종익	신채호	신석구	서재필	신익희	유일한	김하락	박상진	홍 진	정인승	전명운	정이형
1997년	노응규	양기하	박준승	송병조	김창숙	**김순애**	김영란	박승환	이남규	김약연	정태진	남정각
1998년	신언준	민긍호	백용성	황병학	김인전	이원대	**김마리아**	안희제	장도빈	홍범도	신돌석	이윤재
1999년	이의준	송계백	**유관순**	박은식	이범석	이은찬	주시경	김홍일	양우조	안중근	강우규	김동식
2000년	유인석	노태준	김병조	이동녕	양진여	이종건	김한종	홍범식	오성술	이범윤	장태수	김규식
2001년	기삼연	윤세복	이승훈	유 림	안규홍	나창헌	김승학	**정정화**	심 훈	유 근	민영환	이재명
2002년	곽재기	한 훈	이필주	김 혁	송학선	민종식	안재홍	남상덕	고이허	고광순	신 숙	장건상
2003년	김 호	김중건	유여대	이시영	문일평	김경천	채기중	**권기옥**	김태원	기산도	오강표	최양옥
2004년	허 위	김병로	오세창	이 강	**이애라**	문양목	권인규	홍학순	최재형	조시원	장지연	오의선
2005년	**최용신**	최석순	김복한	이동휘	한성수	김동삼	채응언	안창호	조소앙	김좌진	황 현	이상설
2006년	유자명	이승희	신홍식	엄항섭	**박차정**	곽종석	강진원	박 열	현익철	김 철	송병선	이명하
2007년	임치정	(김광제/서상돈)	권동진	손정도	**조신성**	이위종	구춘선	정환직	박시창	권득수	주기철	윤동주
2008년	양한묵	문태수	장인환	김성숙	박재혁	김원식	안공근	유동열	**윤희순**	유동하	남상목	박동완
2009년	우재룡	김도연	홍병기	윤기섭	양근환	윤병구	**박자혜**	박찬익	이종희	안명근	장석천	계봉우
2010년	방한민	김상덕	차희식	염온동	**오광심**	김익상	이광민	이중언	권 준	최현배	심남일	백일규
2011년	신현구	강기동	이종훈	조완구	**어윤희**	조병준	홍 언	이범진	나태섭	김규식	문석봉	김종진
2012년	이 갑	김석진	홍원식	김대지	**지복영**	김법린	여 준	이만도	김동수	이희승	이석용	현정권
2013년	이민화	한상렬	양전백	김붕준	**차경신**	(김원국/김원범)	헐버트	강영소	황학수	이성구	노병대	원심창
2014년	김도현	구연영										

※ 밑줄 그은 굵은 글씨는 여성
※ 국가보훈처가 1992년부터 해마다 12명 이상을 월별로 선정한 것을 글쓴이가 정리함

〈부록 2〉여성 서훈자 234명 독립운동가 (2013년 12월 31일 현재) - 가나다순

여성 서훈자 명단

이름	한자	태어난날	숨진날	유공자 인정받은날	훈격	독립운동계열
★강원신	康元信	1887년	1977년	1995	애족장	미주방면
강주룡	姜周龍	1901년	1932. 6.13	2007	애족장	국내항일
강혜원	康蕙園	1885.12.21	1982. 5.31	1995	애국장	미주방면
★고수복	高壽福	(1911년)	1933.7.28	2010	애족장	국내항일
고수선	高守善	1898. 8. 8	1989.8.11	1990	애족장	임시정부
고순례	高順禮	1930:19세	모름	1995	건국포장	학생운동
공백순	孔佰順	1919. 2. 4	1998.10.27	1998	건국포장	미주방면
★곽낙원	郭樂園	1859. 2.26	1939. 4.26	1992	애국장	중국방면
곽희주	郭喜主	1902.10.2	모름	2012	대통령표창	학생운동
구순화	具順和	1896. 7.10	1989. 7.31	1990	애족장	3.1운동
★권기옥	權基玉	1901. 1.11	1988.4.19	1977	독립장	중국방면
★권애라	權愛羅	1897. 2. 2	1973. 9.26	1990	애국장	3.1운동
김경희	金慶喜	1919:31세	1919. 9.19	1995	애국장	국내항일
★김공순	金恭順	1901. 8. 5	1988. 2. 4	1995	대통령표창	3.1운동
김귀남	金貴南	1904.11.17	1990. 1.13	1995	대통령표창	학생운동
김귀선	金貴先	1923.12.19	2005.1.26	1993	건국포장	학생운동
김금연	金錦연	1911.8.16	2000.11.4	1995	건국포장	학생운동
★김나열	金羅烈	1907.4.16	모름	2012	대통령표창	학생운동
김나현	金羅賢	1902.3.23	1989.5.11	2005	대통령표창	3.1운동
김덕순	金德順	1901.8.8	1984.6.9	2008	대통령표창	3.1운동
김독실	金篤實	1897. 9.24	모름	2007	대통령표창	3.1운동
★김두석	金斗石	1915.11.17	2004.1.7	1990	애족장	문화운동
★김락	金洛	1863. 1.21	1929. 2.12	2001	애족장	3.1운동
김마리아	金마利亞	1903.9.5	모름	1990	애국장	만주방면
★김마리아	金瑪利亞	1892.6.18	1944.3.13	1962	독립장	국내항일
김반수	金班守	1904. 9.19	2001.12.22	1992	대통령표창	3.1운동
김봉식	金鳳植	1915.10. 9	1969. 4.23	1990	애족장	광복군
김성심	金誠心	1883	모름	2013	애족장	국내항일
김성일	金聖日	1898.2.17	(1961년)	2010	대통령표창	3.1운동
★김숙경	金淑卿	1886. 6.20	1930. 7.27	1995	애족장	만주방면
김숙영	金淑英	1920. 5.22	2005.12.13	1990	애족장	광복군
김순도	金順道	1921:21세	1928년	1995	애족장	중국방면
★김순애	金淳愛	1889. 5.12	1976. 5.17	1977	독립장	임시정부

<table>
<tr><th colspan="7">여성 서훈자 명단</th></tr>
<tr><th>이름</th><th>한자</th><th>태어난날</th><th>숨진날</th><th>유공자
인정받은날</th><th>훈격</th><th>독립운동계열</th></tr>
<tr><td>김신희</td><td>金信熙</td><td>1899.4.16</td><td>1993.4.23</td><td>2010</td><td>대통령표창</td><td>3.1운동</td></tr>
<tr><td>김씨</td><td>金氏</td><td>1899년</td><td>1919. 4.15</td><td>1991</td><td>애족장</td><td>3.1운동</td></tr>
<tr><td>★김씨</td><td>金氏</td><td>모름</td><td>1919. 4.15</td><td>1991</td><td>애족장</td><td>3.1운동</td></tr>
<tr><td>김안순</td><td>金安淳</td><td>1900.3.24</td><td>1979.4.4</td><td>2011</td><td>대통령표창</td><td>3.1운동</td></tr>
<tr><td>김알렉산드라</td><td>金알렉산드라</td><td>1885.2.22</td><td>1918.9.16</td><td>2009</td><td>애국장</td><td>노령방면</td></tr>
<tr><td>김애련</td><td>金愛蓮</td><td>1902. 8.30</td><td>1996.11.5</td><td>1992</td><td>대통령표창</td><td>3.1운동</td></tr>
<tr><td>김영순</td><td>金英順</td><td>1892.12.17</td><td>1986.3.17</td><td>1990</td><td>애족장</td><td>국내항일</td></tr>
<tr><td>김옥련</td><td>金玉連</td><td>1907. 9. 2</td><td>2005.9.4</td><td>2003</td><td>건국포장</td><td>국내항일</td></tr>
<tr><td>김옥선</td><td>金玉仙</td><td>1923.12. 7</td><td>1996.4.25</td><td>1995</td><td>애족장</td><td>광복군</td></tr>
<tr><td>김옥실</td><td>金玉實</td><td>1906.11.18</td><td>1926.6.2</td><td>2012</td><td>대통령표창</td><td>학생운동</td></tr>
<tr><td>김온순</td><td>金溫順</td><td>1898</td><td>1968.1.31</td><td>1990</td><td>애족장</td><td>만주방면</td></tr>
<tr><td>김용복</td><td>金用福</td><td>1890</td><td>모름</td><td>2013</td><td>애족장</td><td>국내항일</td></tr>
<tr><td>김원경</td><td>金元慶</td><td>1898</td><td>1981.11.23</td><td>1963</td><td>대통령표창</td><td>임시정부</td></tr>
<tr><td>김윤경</td><td>金允經</td><td>1911. 6.23</td><td>1945.10.10</td><td>1990</td><td>애족장</td><td>임시정부</td></tr>
<tr><td>★김응수</td><td>金應守</td><td>1901. 1.21</td><td>1979. 8.18</td><td>1995</td><td>대통령표창</td><td>3.1운동</td></tr>
<tr><td>김인애</td><td>金仁愛</td><td>1898.3.6</td><td>1970.11.20</td><td>2009</td><td>대통령표창</td><td>3.1운동</td></tr>
<tr><td>★김점순</td><td>金点順</td><td>1861. 4.28</td><td>1941. 4.30</td><td>1995</td><td>대통령표창</td><td>국내항일</td></tr>
<tr><td>김정숙</td><td>金貞淑</td><td>1916. 1.25</td><td>2012.7.4</td><td>1990</td><td>애국장</td><td>광복군</td></tr>
<tr><td>김정옥</td><td>金貞玉</td><td>1920. 5. 2</td><td>1997.6.7</td><td>1995</td><td>애족장</td><td>광복군</td></tr>
<tr><td>★김조이</td><td>金祚伊</td><td>1904.7.5</td><td>모름</td><td>2008</td><td>건국포장</td><td>국내항일</td></tr>
<tr><td>김종진</td><td>金鍾振</td><td>1903. 1.13</td><td>1962. 3.11</td><td>2001</td><td>애족장</td><td>3.1운동</td></tr>
<tr><td>김죽산</td><td>金竹山</td><td>1891</td><td>모름</td><td>2013</td><td>대통령표창</td><td>만주방면</td></tr>
<tr><td>김치현</td><td>金致鉉</td><td>1897.10.10</td><td>1942.10. 9</td><td>2002</td><td>애족장</td><td>국내항일</td></tr>
<tr><td>김태복</td><td>金泰福</td><td>1886년</td><td>1933.11.24</td><td>2010</td><td>건국포장</td><td>국내항일</td></tr>
<tr><td>김필수</td><td>金必壽</td><td>1905.4.21</td><td>(1972.11.23)</td><td>2010</td><td>애족장</td><td>국내항일</td></tr>
<tr><td>★김향화</td><td>金香花</td><td>1897.7.16</td><td>모름</td><td>2009</td><td>대통령표창</td><td>3.1운동</td></tr>
<tr><td>★김현경</td><td>金賢敬</td><td>1897. 6.20</td><td>1986.8.15</td><td>1998</td><td>건국포장</td><td>3.1운동</td></tr>
<tr><td>★김효숙</td><td>金孝淑</td><td>1915. 2.11</td><td>2003.3.24</td><td>1990</td><td>애국장</td><td>광복군</td></tr>
<tr><td>나은주</td><td>羅恩周</td><td>1890. 2.17</td><td>1978. 1. 4</td><td>1990</td><td>애족장</td><td>3.1운동</td></tr>
<tr><td>★남자현</td><td>南慈賢</td><td>1872.12.7</td><td>1933.8.22</td><td>1962</td><td>대통령장</td><td>만주방면</td></tr>
<tr><td>남협협</td><td>南俠俠</td><td>1913</td><td>모름</td><td>2013</td><td>건국포장</td><td></td></tr>
<tr><td>★노순경</td><td>盧順敬</td><td>1902.11.10</td><td>1979. 3. 5</td><td>1995</td><td>대통령표창</td><td>3.1운동</td></tr>
<tr><td>★노영재</td><td>盧英哉</td><td>1895. 7.10</td><td>1991.11.10</td><td>1990</td><td>애국장</td><td>중국방면</td></tr>
<tr><td>★동풍신</td><td>董豊信</td><td>1904</td><td>1921</td><td>1991</td><td>애국장</td><td>3.1운동</td></tr>
<tr><td>문복금</td><td>文卜今</td><td>1905.12.13</td><td>1937. 5.22</td><td>1993</td><td>건국포장</td><td>학생운동</td></tr>
<tr><td>문응순</td><td>文應淳</td><td>1900.12.4</td><td>모름</td><td>2010</td><td>건국포장</td><td>3.1운동</td></tr>
</table>

<table>
<tr><td colspan="7"><h1>여성 서훈자 명단</h1></td></tr>
<tr><th>이름</th><th>한자</th><th>태어난날</th><th>숨진날</th><th>유공자
인정받은날</th><th>훈격</th><th>독립운동계열</th></tr>
<tr><td>★문재민</td><td>文載敏</td><td>1903. 7.14</td><td>1925.12.</td><td>1998</td><td>애족장</td><td>3.1운동</td></tr>
<tr><td>민영숙</td><td>閔泳淑</td><td>1920.12.27</td><td>1989.03.17</td><td>1990</td><td>애국장</td><td>광복군</td></tr>
<tr><td>민영주</td><td>閔泳珠</td><td>1923.8.15</td><td>생존</td><td>1990</td><td>애국장</td><td>광복군</td></tr>
<tr><td>민옥금</td><td>閔玉錦</td><td>1905. 9. 5</td><td>1988.12.25</td><td>1990</td><td>애족장</td><td>3.1운동</td></tr>
<tr><td>박계남</td><td>朴繼男</td><td>1910. 4.25</td><td>1980. 4.27</td><td>1993</td><td>건국포장</td><td>학생운동</td></tr>
<tr><td>박금녀</td><td>朴金女</td><td>1926.10.21</td><td>1992.7.28</td><td>1990</td><td>애족장</td><td>광복군</td></tr>
<tr><td>박기은</td><td>朴基恩</td><td>1925. 6.15</td><td>생존</td><td>1990</td><td>애족장</td><td>광복군</td></tr>
<tr><td>박복술</td><td>朴福述</td><td>1903.8.30</td><td>모름</td><td>2012</td><td>대통령표창</td><td>학생운동</td></tr>
<tr><td>박승일</td><td>朴昇一</td><td>1896.9.19</td><td>모름</td><td>2013</td><td>애족장</td><td>국내항일</td></tr>
<tr><td>박신애</td><td>朴信愛</td><td>1889. 6.21</td><td>1979. 4.27</td><td>1997</td><td>애족장</td><td>미주방면</td></tr>
<tr><td>박신원</td><td>朴信元</td><td>1872년</td><td>1946. 5.21</td><td>1997</td><td>건국포장</td><td>만주방면</td></tr>
<tr><td>★박애순</td><td>朴愛順</td><td>1896.12.23</td><td>1969. 6.12</td><td>1990</td><td>애족장</td><td>3.1운동</td></tr>
<tr><td>★박옥련</td><td>朴玉連</td><td>1914.12.12</td><td>2004.11.21</td><td>1990</td><td>애족장</td><td>학생운동</td></tr>
<tr><td>박우말례</td><td>朴又末禮</td><td>1902. 3.13</td><td>1986.12.7</td><td>2011</td><td>대통령표창</td><td>3.1운동</td></tr>
<tr><td>박원경</td><td>朴源炅</td><td>1901.8.19</td><td>1983.8.5</td><td>2008</td><td>애족장</td><td>3.1운동</td></tr>
<tr><td>★박원희</td><td>朴元熙</td><td>1898.3.10</td><td>1928.1.5</td><td>2000</td><td>애족장</td><td>국내항일</td></tr>
<tr><td>박음전</td><td>朴陰田</td><td>1907.4.14</td><td>모름</td><td>2012</td><td>대통령표창</td><td>학생운동</td></tr>
<tr><td>박자선</td><td>朴慈善</td><td>1880.10.27</td><td>모름</td><td>2010</td><td>애족장</td><td>3.1운동</td></tr>
<tr><td>★박자혜</td><td>朴慈惠</td><td>1895.12.11</td><td>1944.10.16</td><td>1990</td><td>애족장</td><td>국내항일</td></tr>
<tr><td>박재복</td><td>朴在福</td><td>1918.1.28</td><td>1998.7.18</td><td>2006</td><td>애족장</td><td>국내항일</td></tr>
<tr><td>박정선</td><td>朴貞善</td><td>1874</td><td>모름</td><td>2007</td><td>애족장</td><td>국내항일</td></tr>
<tr><td>★박차정</td><td>朴次貞</td><td>1910. 5. 7</td><td>1944. 5.27</td><td>1995</td><td>독립장</td><td>중국방면</td></tr>
<tr><td>박채희</td><td>朴采熙</td><td>1913.7.5</td><td>1947.12.1</td><td>2013</td><td>건국포장</td><td>학생운동</td></tr>
<tr><td>박치은</td><td>朴致恩</td><td>1886. 6.17</td><td>1954.12. 4</td><td>1990</td><td>애족장</td><td>국내항일</td></tr>
<tr><td>★박현숙</td><td>朴賢淑</td><td>1896</td><td>1980.12.31</td><td>1990</td><td>애국장</td><td>국내항일</td></tr>
<tr><td>박현숙</td><td>朴賢淑</td><td>1914.3.28</td><td>1981.1.23</td><td>1990</td><td>애족장</td><td>학생운동</td></tr>
<tr><td>★방순희</td><td>方順熙</td><td>1904.1.30</td><td>1979.5.4</td><td>1963</td><td>독립장</td><td>임시정부</td></tr>
<tr><td>백신영</td><td>白信永</td><td>모름</td><td>모름</td><td>1990</td><td>애족장</td><td>국내항일</td></tr>
<tr><td>백옥순</td><td>白玉順</td><td>1911. 7. 3</td><td>2008.5.24</td><td>1990</td><td>애족장</td><td>광복군</td></tr>
<tr><td>부덕량</td><td>夫德良</td><td>1911.11.5</td><td>1939.10.4</td><td>2005</td><td>건국포장</td><td>국내항일</td></tr>
<tr><td>★부춘화</td><td>夫春花</td><td>1908. 4. 6</td><td>1995. 2.24</td><td>2003</td><td>건국포장</td><td>국내항일</td></tr>
<tr><td>송미령</td><td>宋美齡</td><td>모름</td><td>모름</td><td>1966</td><td>대한민국장</td><td>임시정부지원</td></tr>
<tr><td>송영집</td><td>宋永潗</td><td>1910. 4. 1</td><td>1984.5.14</td><td>1990</td><td>애국장</td><td>광복군</td></tr>
<tr><td>송정헌</td><td>宋靜軒</td><td>1919.1.28</td><td>2010.3.22</td><td>1990</td><td>애족장</td><td>중국방면</td></tr>
<tr><td>신경애</td><td>申敬愛</td><td>1907.9.22</td><td>1964.5.13</td><td>2008</td><td>건국포장</td><td>국내항일</td></tr>
<tr><td>신관빈</td><td>申寬彬</td><td>1885.10.4</td><td>모름</td><td>2011</td><td>애족장</td><td>3.1운동</td></tr>
</table>

여성 서훈자 명단

이름	한자	태어난날	숨진날	유공자 인정받은날	훈격	독립운동계열
신분금	申分今	1886.5.21	모름	2007	대통령표창	3.1운동
신순호	申順浩	1922. 1.22	2009.7.30	1990	애국장	광복군
★신의경	辛義敬	1898. 2.21	1997.8.11	1990	애족장	국내항일
신정균	申貞均	1899년	1931.7월	2007	건국포장	국내항일
★신정숙	申貞淑	1910. 5.12	1997.7.8	1990	애국장	광복군
★신정완	申貞婉	1917. 3. 6	2001.4.29	1990	애국장	임시정부
심계월	沈桂月	1916.1.6	모름	2010	애족장	국내항일
심순의	沈順義	1903.11.13	모름	1992	대통령표창	3.1운동
심영식	沈永植	1896. 7.15	1983.11. 7	1990	애족장	3.1운동
심영신	沈永信	1882. 7.20	1975. 2.16	1997	애국장	미주방면
★안경신	安敬信	1877	모름	1962	독립장	만주방면
안애자	安愛慈	(1869년)	모름	2006	애족장	국내항일
안영희	安英姬	1925. 1. 4	1999.8.27	1990	애국장	광복군
안정석	安貞錫	1883.9.13	미상	1990	애족장	국내항일
양방매	梁芳梅	1890.8.18	1986.11.15	2005	건국포장	의병
양진실	梁眞實	1875년	1924.5월	2012	애족장	국내항일
★어윤희	魚允姬	1880. 6.20	1961.11.18	1995	애족장	3.1운동
엄기선	嚴基善	1929. 1.21	2002.12.9	1993	건국포장	중국방면
★연미당	延薇堂	1908. 7.15	1981. 1. 1	1990	애국장	중국방면
★오광심	吳光心	1910. 3.15	1976. 4. 7	1977	독립장	광복군
오신도	吳信道	(1857년)	(1933.9.5)	2006	애족장	국내항일
★오정화	吳貞嬅	1899. 1.25	1974.11. 1	2001	대통령표창	3.1운동
오항선	吳恒善	1910.10. 3	2006.8.5	1990	애국장	만주방면
★오희영	吳姬英	1924.4.23	1969.2.17	1990	애족장	광복군
★오희옥	吳姬玉	1926. 5. 7	생존	1990	애족장	중국방면
옥운경	玉雲瓊	1904.6.24	모름	2010	대통령표창	3.1운동
왕경애	王敬愛	(1863년)	모름	2006	대통령표창	3.1운동
유관순	柳寬順	1902.11.17	1920.10.12	1962	독립장	3.1운동
유순희	劉順姬	1926. 7.15	생존	1995	애족장	광복군
유예도	柳禮道	1896. 8.15	1989.3.25	1990	애족장	3.1운동
유인경	俞仁卿	1896.10.20	1944.3.2	1990	애족장	국내항일
윤경열	尹敬烈	1918.2.28	1980.2.7	1982	대통령표창	광복군
윤선녀	尹仙女	1911. 4.18	1994.12.6	1990	애족장	국내항일
윤악이	尹岳伊	1897.4.17	1962.2.26	2007	대통령표창	3.1운동
윤천녀	尹天女	1908. 5.29	1967. 6.25	1990	애족장	학생운동
윤형숙	尹亨淑	1900.9.13	1950. 9.28	2004	건국포장	3.1운동

서간도에 들꽃 피다〈1〉 -145

여성 서훈자 명단

이름	한자	태어난날	숨진날	유공자 인정받은날	훈격	독립운동계열
★윤희순	尹熙順	1860	1935. 8. 1	1990	애족장	의병
이겸양	李謙良	1895.10.24	모름	2013	애족장	국내항일
★이광춘	李光春	1914.9.8	2010.4.12	1996	건국포장	학생운동
이국영	李國英	1921. 1.25	1956. 2. 2	1990	애족장	임시정부
이금복	李今福	1912.11.8	2010.4.25	2008	대통령표창	국내항일
이남순	李南順	1904.12.30	모름	2012	대통령표창	학생운동
★이명시	李明施	1902.2.2	1974.7.7	2010	대통령표창	3.1운동
이벽도	李碧桃	1903.10.14	모름	2010	대통령표창	3.1운동
★이병희	李丙禧	1918.1.14	2012.8.2	1996	애족장	국내항일
이살눔	李살눔	1886. 8. 7	1948. 8.13	1992	대통령표창	3.1운동
★이석담	李石潭	1859	1930. 5.26	1991	애족장	국내항일
★이선경	李善卿	1902.5.25	1921.4.21	2012	애국장	국내항일
이성완	李誠完	1900.12.10	모름	1990	애족장	국내항일
이소선	李小先	1900.9.9	모름	2008	대통령표창	3.1운동
이소제	李少悌	1875.11. 7	1919. 4. 1	1991	애국장	3.1운동
이순승	李順承	1902.11.12	1994.1.15	1990	애족장	중국방면
★이신애	李信愛	1891	1982.9.27	1963	독립장	국내항일
이아수	李娥洙	1898. 7.16	1968. 9.11	2005	대통령표창	3.1운동
★이애라	李愛羅	1894	1922.9.4	1962	독립장	만주방면
이옥진	李玉珍	1923.10.18	모름	1968	대통령표창	광복군
이의순	李義櫛	모름	1945. 5. 8	1995	애국장	중국방면
이인순	李仁櫛	1893년	1919.11월	1995	애족장	만주방면
이정숙	李貞淑	1898	1950.7.22	1990	애족장	국내항일
이혜경	李惠卿	1889	1968.2.10	1990	애족장	국내항일
이혜련	李惠鍊	1884.4.21	1969.4.21	2008	애족장	미주방면
이혜수	李惠受	1891. 1. 2	1961. 2. 7	1990	애국장	의열투쟁
이화숙	李華淑	1893년	1978년	1995	애족장	임시정부
이효덕	李孝德	1895.1.24	1978.9.15	1992	대통령표창	3.1운동
★이효정	李孝貞	1913.7.18	2010.8.14	2006	건국포장	국내항일
이희경	李希景	1894. 1. 8	1947. 6.26	2002	건국포장	미주방면
★임명애	林明愛	1886.3.25	1938.8.28	1990	애족장	3.1운동
★임봉선	林鳳善	1897.10.10	1923. 2.10	1990	애족장	3.1운동
임소녀	林少女	1908. 9.24	1971.7.9	1990	애족장	광복군
장경례	張慶禮	1913. 4. 6	1998.2.19	1990	애족장	학생운동
장경숙	張京淑	1903. 5.13	모름	1990	애족장	광복군
장매성	張梅性	1911	1993.12.14	1990	애족장	학생운동

여성 서훈자 명단

이름	한자	태어난날	숨진날	유공자 인정받은날	훈격	독립운동계열
장선희	張善禧	1894. 2.19	1970. 8.28	1990	애족장	국내항일
장태화	張泰嬅	1878	모름	2013	애족장	만주방면
전수산	田壽山	1894. 5.23	1969. 6.19	2002	건국포장	미주방면
★전월순	全月順	1923. 2. 6	2009.5.25	1990	애족장	광복군
전창신	全昌信	1900. 1.24	1985. 3.15	1992	대통령표창	3.1운동
전흥순	田興順	모름	모름	1963	대통령표창	광복군
정막래	丁莫來	1899.9.8	1976.12.24음	2008	대통령표창	3.1운동
정영	鄭瑛	1922.10.11	2009.5.24	1990	애족장	중국방면
정영순	鄭英淳	1921. 9.15	2002.12.9	1990	애족장	광복군
★정정화	鄭靖和	1900. 8. 3	1991.11.2	1990	애족장	중국방면
정찬성	鄭燦成	1886. 4.23	1951. 7.	1995	애족장	국내항일
★정현숙	鄭賢淑	1900. 3.13	1992. 8. 3	1995	애족장	중국방면
★조계림	趙桂林	1925.10.10	1965. 7.14	1996	애족장	임시정부
★조마리아	趙마리아	모름	1927.7.15	2008	애족장	중국방면
조순옥	趙順玉	1923. 9.17	1973. 4.23	1990	애국장	광복군
★조신성	趙信聖	1873	1953. 5. 5	1991	애국장	국내항일
조애실	趙愛實	1920.11.17	1998.1.7	1990	애족장	국내항일
조옥희	曹玉姬	1901. 3.15	1971.11.30	2003	대통령표창	3.1운동
조용제	趙鏞濟	1898. 9.14	1948. 3.10	1990	애족장	중국방면
조인애	曹仁愛	1883.11. 6	1961. 8. 1	1992	대통령표창	3.1운동
조충성	曹忠誠	1896.5.29	1981.10.25	2005	대통령표창	3.1운동
★조화벽	趙和璧	1895.10.17	1975. 9. 3	1990	애족장	3.1운동
★주세죽	朱世竹	1899.6.7	(1950년)	2007	애족장	국내항일
주순이	朱順伊	1900.6.17	1975.4.5	2009	대통령표창	국내항일
주유금	朱有今	1905.5.6	모름	2012	대통령표창	학생운동
★지복영	池復榮	1920. 4.11	2007.4.18	1990	애국장	광복군
진신애	陳信愛	1900. 7. 3	1930. 2.23	1990	애족장	3.1운동
★차경신	車敬信	모름	1978.9.28	1993	애국장	만주방면
★차미리사	車美理士	1880. 8.21	1955. 6. 1	2002	애족장	국내항일
채애요라	蔡愛堯羅	1897.11.9	1978.12.17	2008	대통령표창	3.1운동
최갑순	崔甲順	1898. 5.11	1990.11.22	1990	애족장	국내항일
최금봉	崔錦鳳	1896. 5. 6	1983.11.7	1990	애국장	국내항일
최봉선	崔鳳善	1904. 8.10	1996.3.8	1992	애족장	국내항일
최서경	崔曙卿	1902. 3.20	1955. 7.16	1995	애족장	임시정부
★최선화	崔善嬅	1911. 6.20	2003.4.19	1991	애국장	임시정부
최수향	崔秀香	1903. 1.27	1984. 7.25	1990	애족장	3.1운동

여성 서훈자 명단

이름	한자	태어난날	숨진날	유공자 인정받은날	훈격	독립운동계열
최순덕	崔順德	1920;23세	1926. 8.25	1995	애족장	국내항일
최예근	崔禮根	1924. 8.17	2011.10.5	1990	애족장	만주방면
최요한나	崔堯漢羅	1900.8.3	1950.8.6	1999	대통령표창	3.1운동
★최용신	崔容信	1909. 8.	1935. 1.23	1995	애족장	국내항일
★최은희	崔恩喜	1904.11.21	1984. 8.17	1992	애족장	3.1운동
최이옥	崔伊玉	1926. 6.16	1990.7.12	1990	애족장	광복군
★최정숙	崔貞淑	1902. 2.10	1977. 2.22	1993	대통령표창	3.1운동
최정철	崔貞徹	1853. 6.26	1919.4.1	1995	애국장	3.1운동
★최형록	崔亨祿	1895. 2.20	1968. 2.18	1996	애족장	임시정부
★최혜순	崔惠淳	1900.9.2	1976.1.16	2010	애족장	임시정부
탁명숙	卓明淑	1895.12.4	모름	2013	건국포장	3.1운동
★하란사	河蘭史	1875년	1919. 4.10	1995	애족장	국내항일
하영자	河永子	1903. 6.27	1993.10. 1	1996	대통령표창	3.1운동
★한영신	韓永信	1887. 7.22	1969.2.20	1995	애족장	국내항일
한영애	韓永愛	1920.9.9	모름	1990	애족장	광복군
★한이순	韓二順	1906.11.14	1980. 1.31	1990	애족장	3.1운동
함연춘	咸鍊春	1901.4.8	1974.5.25	2010	대통령표창	3.1운동
홍씨	韓鳳周 妻	모름	1919. 3. 3	2002	애국장	3.1운동
★홍애시덕	洪愛施德	1892. 3.20	1975.10.8	1990	애족장	국내항일
황보옥	黃寶玉	(1872년)	모름	2012	대통령표창	국내항일
★황애시덕	黃愛施德	1892. 4.19	1971. 8.24	1990	애국장	국내항일

* 이 표는 국가보훈처 공훈전자사료관의 독립유공자 자료를 참고로 글쓴이가 정리한 것임.
* ★ 표시는 《서간도에 들꽃 피다》〈1〉〈2〉〈3〉〈4〉권에서 다룬 인물임

〈참고자료〉

【책】

《거룩한 순국지사 향산 이만도》 박민영, 지식산업사, 2010
《경성트로이카:1930년대 경성거리를 누비던 그들이 되살아온다》 안재성, 사회평론사, 2004
《高等警察要史 (日文)》 慶北警察局 編, 大邱 慶北警察局 , 1929
《(국역)고등경찰요사》 류시중, 박병원, 김희곤 역주, 선인, 2010
《내고장 경기도의 인물, 2:반용환~이수광 》 경기도사편찬위원회, 2006
《대한민국 독립유공자 공훈록 9》 국가보훈처, 1986
《대한민국임시정부의 안살림꾼 정정화》 신명식, 역사공간, 2010
《독립운동사 교양총서》 독립기념관 한국독립운동사연구소, 1989
《백범일지》 김구 저, 도진순 주해, 돌베개, 1997
《아직도 내 귀엔 서간도 바람소리가》 허은 구술, 민연, 2010
《약산 김원봉 평전》 김삼웅, 시대의창, 2008
《여성운동》 박용옥, 한국독립운동사편찬위원회, 2009
《여성조선의용군 박차정의사》 강대민, 高句麗, 2004
《驪州郡史》 2권 성씨와 인물, 여주군사편찬위원회, 2005
《장강일기》 정정화, 학민사, 1998
《제시의 일기》 양우조·최선화, 혜윰, 1999
《안동사람들의 항일투쟁》 김희곤, 지식산업사, 2007
《안동선비 열 사람》 김희곤, 지식산업사, 2010
《이재유 연구, 1930년대 서울의 혁명적 노동운동》 김경일, 창작과비평사, 1993
《임시정부 버팀목 차리석 평전》 장석흥, 역사공간, 2005
《역사의 수레를 끌고 밀며》 지복영, 문학과지성사, 1995
《風雲, 4-6 》 韓國現代史研究所, 동광출판사, 1986
《항일투사열전, 애국지사 999인》 추경화, 청학사, 1995
《한국 근대 여성운동사 연구》 박용옥, 지식산업사, 1996
《한국광복군》 한국독립운동역사 52, 독립기념관 한국독립운동사연구소, 2007
《한국독립운동사 속의 용인》 용인항일독립운동기념사업회, 2009

《한국독립운동의 역사 31》 박용옥, 독립기념관 한국독립운동사연구
소, 2009
《韓國女性獨立運動의 再照明 : 1993년~1997년》 3·1여성동지회,
2003
《한국여성독립운동가, 윤희순 평전》 심옥주, 정언, 2009

【논문】

〈민족의 딸, 아내 그리고 어머니:金洛 (1862~1929)의 삶 〉
金喜坤, "儒學과 現代" 제5집, 2004
〈백범과 민족운동연구〉 제2집, '극비문서, 金九母子ノ脫出ニ關スル
件,1934.4,조선총독부' 2004
〈안경신의 의열투쟁, 이현희〉, 한국학연구 제2집 숙명여대
한국학 연구소, 1992. 12
〈여성광복군과 그들의 활동〉, 3·1여성 제17호 광복 60주년 특집호,
2006
〈일제말기 한국광복군 여성대원들의 활동 양상〉 여성학논집
제23집 제1호, 이화여대 여성학연구소, 2006
〈역사와 실학〉 32집, 역사실학회 '한국최초의 여류 비행사 권기옥',
2007.6
〈안동혁신유림·만주 독립군 기지 개척자·백하 김대락 선생〉 추모학술강
연회집, 안동청년유도회, 2008
〈의암학연구〉제6호, 의암학회, "윤희순애국지사와 남자현 애국지사의
항일독립투쟁" 박용옥, 2008.12
〈의기(義妓) 수원기생의 3·1운동〉, "수원지역 여성과 3·1운동", 이동근,
경기도, 2008
〈한국 여성 광복군 오희영 재조명 심포지엄 자료〉용인항일독립운동기념
사업회, 2007
〈한국여자광복군 오광심의 활동과 지도력〉 3·1여성동지회, 3·1여성 광
복 60주년 특집호, 2006
〈지복영 선생의 광복군 활동 증언〉 3·1여성동지회, 광복 60주년 특집호,
2006

【잡지와 신문】

〈순국〉 통간 133호, 대한민국순국선열유족회, 2002년 2월호 '이병희
애국지사 대담'
〈순국〉 통간 232호, 대한민국순국선열유족회, 2010년 5월호 '5월의 독
립운동가 오광심'
〈예향〉 11월호, 1984년 '이광춘 애국지사 대담'
〈여원〉 7월호, 1961년 '권기옥 애국지사 대담'
〈주간여성〉 '광복군 따라 대륙 유랑 30년' 항일투사 오광선 장군 미망인
정정산(정현숙)애국지사, 1974.8.21
매일신보, 1919년 3월 29일 수원 기생 김향화 기사
매일신보, 1919년 4월 18일 어윤희 기사
동아일보, 1921년5월 2일 안경신 기사
동아일보 1921년 10월 9일자 조신성 기사
조선일보, 1930년 1월 15일 이광춘 기사
동아일보, 1933년 6월 19일 남자현 기사
경향신문, 1961년 11월 22일 '이 여성을 보라, 어윤희 애국지사 별세'
뉴스앤뉴스 영남신문, 2005년 7월 13일 박차정 기사 미디어오늘,
2009년 3월 1일 이효정 기사
오마이뉴스, 2005년 12월 29일 독립운동의 날개 꽃 권기옥, 천황궁 폭
파 위해 '날개의꿈' 꾸다, 정혜주 기자 [초기 비행사들 ③]

【누리집】

국가보훈처 나라사랑광장:http://narasarang.mpva.go.kr
국사편찬위원회 한국사데이터베이스:http://db.history.go.kr
날마다 쓰는 한국문화 편지
〈김영조의 얼레빗으로 빗는 하루〉:http://www.koya.kr
디지털 충주문화대전:http://chungju.grandculture.net
민족문제연구소:http://www.minjok.or.kr
안동독립운동기념관:http://www.815andong.or.kr
일본어위키백과:http://ja.wikipedia.org
한국어위키백과:http://ko.wikipedia.org

이윤옥 시인의 야심작
친일문학인 풍자 시집
《사쿠라 불나방》 1권

"영욕에 초연하여 그윽이 뜰 앞을 보니
꽃은 피었다 지고
머무름에 얽매이지 않는다

맑은 창공 밝은 달 아래
마음껏 날아다닐 수 있어도
불나비는 유독 촛불만 쫓고
맑은 물 푸른 숲에 먹을 것 가득하건만
수리는 유난히도 썩은 쥐를 즐긴다
아! 세상에 불나비와 수리 아닌 자
그 얼마나 될 것인고?

- '사쿠라불나방' 머리말 가운데 -

이 시집에는 모두 20명의 문학인이 나온다. 이들을 고른 기준은 2002년 8월 14일 민족문학작가회의, 민족문제연구소, 계간 〈실천문학〉, 나라와 문화를 생각하는 국회의원 모임, 민족정기를 세우는 국회의원 모임이 공동 발표한 문학분야 친일인물 42명 가운데 지은이가 1차로 뽑은 20명을 대상으로 했다. 글 차례는 다음과 같다.

〈차 례〉

(가나다순)

1. 태평양 언덕을 피로 물들여라 〈김기진〉
2. 광복 두 시간 전까지 친일 하던 〈김동인〉

3. 성전에 나가 어서 죽으라고 외쳐댄 〈김동환〉

4. 왜 친일했냐 건 그냥 웃는 〈김상용〉

5. 꽃 돼지(花豚)의 노래 〈김문집〉

6. 뚜들겨라 부숴라 양키를! 〈김안서〉

7. 황국신민의 애국자가 되고 싶은 〈김용제〉

8. 님의 부르심을 받드는 여인 〈노천명〉

9. 국군은 죽어 침묵하고 그녀는 살아 말한다 〈모윤숙〉

10. 오장마쓰이를 위한 사모곡 〈서정주〉

11. 친일파 영웅극 '대추나무'는 나의 분신 〈유치진〉

12. 빈소마저 홀대받은 〈유진오〉

13. 이완용의 오른팔 혈의누 〈이인직〉

14. 조선놈 이마빡에 피를 내라 〈이광수〉

15. 내가 가장 살고 싶은 나라 조국 일본 〈정비석〉

16. 불놀이로 그친 애국 〈주요한〉

17. 내재된 신념의 탁류인생 〈채만식〉

18. 하루속히 조선문화의 일본화가 이뤄져야 〈최남선〉

19. 천황을 하늘처럼 받들어 모시던 〈최재서〉

20. 조국 일본을 세계에 빛나게 하자 〈최정희〉

전국 100 여 곳 언론에서 극찬한
이윤옥 시인의 《서간도에 들꽃 피다》 2권

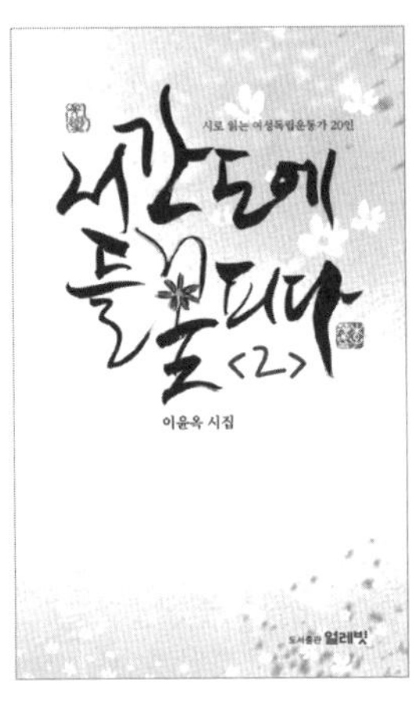

챠우쉔화(朝鮮花)는 조선의 독립을 보지 못하고 중국땅에서 죽어간 사람들의 무덤에 핀 노오란 들국화를 현지인들이 애처로워 부른 이름입니다.

자료 부족 속에서 이번 〈2집〉을 꾸리는데 많은 어려움이 따랐습니다. 그럼에도, 이 작업을 계속하는 까닭은 이러한 여성독립운동가들에 대한 이야기를 통해 그 시대 여성의 삶을 이해하고 그분들의 나라 사랑 정신을 우리가 보고 배웠으면 하는 바람이 있기 때문입니다.

〈차 례〉

(가나다순)

전국 100 여 곳 언론에서 극찬한
이윤옥 시인의 《서간도에 들꽃 피다》 3권

유관순열사에 대한 단행본은 17권에 이르며 학술연구 등의 논문은 150여 편을 넘습니다. 그러나 유관순열사와 똑 같은 나이인 17살에 만세운동에 참여하여 부모님을 여의고 서대문 형무소에서 죽어간 동풍신 애국지사는 논문 한 편, 기사 한 토막은커녕 그 이름 석 자를 기억하는 이조차 없는 게 현실입니다. 이렇게 이름이 알려지지 않은 20명의 여성독립운동가들을 찾아 3권에 담았습니다.

〈차 례〉

(가나다순)

전국 100 여 곳 언론에서 극찬한
이윤옥 시인의 《서간도에 들꽃 피다》 4권

"어머니 지금 우리는 세계열강에 독립을 호
소하고 나라를 찾을 때입니다. 국민 모두 죽
음을 두려워하지 말고 나서야 합니다."

- 대한애국부인회 신의경 애국지사 글 가운데 -

<차 례>

(가나다순)

 제 1 권

ⓒ이윤옥 단기4344년(2011)

초판 6쇄 4351년(2018) 4월 10일 펴냄

지은이 │ 이윤옥
표지디자인 │ 이무성
편집디자인 │ 정은희
박은 곳 │ 최문상 〈인화씨앤비〉
펴낸 곳 │ 도서출판 얼레빗
등록일자 │ 단기4343년(2010) 5월 28일
등록번호 │ 제000067호
주소 │ 서울시 영등포구 영신로 32 그린오피스텔 306호
전화 │ (02) 733-5027
전송 │ (02) 733-5028
누리편지 │ pine9969@hanmail.net
ISBN │ 978-89-964593-2-303810

값 10,000원

※ 잘못된 책은 바꿔드립니다